中國語言文字研究輯刊

九　編

許　錟　輝　主編

第 9 冊

中古佛經情緒心理動詞之研究（下）

李　昱　穎　著

花木蘭文化出版社

國家圖書館出版品預行編目資料

中古佛經情緒心理動詞之研究（下）／李昱穎 著 — 初版 —

新北市：花木蘭文化出版社，2015〔民104〕

目 4+154 面；21×29.7 公分

（中國語言文字研究輯刊 九編：第 9 冊）

ISBN 978-986-404-390-3（精裝）

1. 佛經 2. 漢語語法

802.08   104014807

ISBN- 978-986-404-390-3

9 789864 043903

中國語言文字研究輯刊

九 編　　第九冊　　　　　ISBN：978-986-404-390-3

中古佛經情緒心理動詞之研究（下）

作　　者　李昱穎
主　　編　許錟輝
總 編 輯　杜潔祥
副總編輯　楊嘉樂
編　　輯　許郁翎
出　　版　花木蘭文化出版社
社　　長　高小娟
聯絡地址　235　新北市中和區中安街七二號十三樓
　　　　　電話：02-2923-1455／傳眞：02-2923-1452
網　　址　http://www.huamulan.tw 信箱 hml810518@gmail.com
印　　刷　普羅文化出版廣告事業
初　　版　2015 年 9 月
全書字數　240806 字
定　　價　九編 16 冊（精裝）　台幣 40,000 元

中古佛經情緒心理動詞之研究（下）

李昱穎　著

目

次

第五章 中古佛經情緒心理動詞語義場演變的相關問題

在上文裡，筆者從語義場角度切入，將中古佛經情緒心理動詞分為正面義場及負面義場兩類，並以構詞詞群劃分，逐一釐析各詞群的語法意義、概念意義及色彩意義，瞭解其間的異同性。

然而，在所分析的過程裡，有些語言問題是值得進一步探究的，因此，筆者將於本章討論。以下主要討論幾個問題：

（一）常用詞討論

「常用詞」是近年來常討論的議題，任一語言，均有其常用詞。張永言、汪維輝（1995）〈關於漢語詞彙史研究的一點思考〉也強調應將常用詞的研究放在詞彙史的重要位置，加上有蔣紹愚《白居易詩中與「口」有關的動詞》、《古漢語詞彙綱要》等書提到常用詞研究的部分，都大力推動並影響詞彙史研究的方向及重點。李宗江《漢語常用詞演變研究》、汪維輝《東漢——隋常用詞演變研究》等著作出現，代表著漢語常用詞演變研究在近年來重要的討論課題。還有一系列漢語史研究者都把常用詞演變作為考察重點，只是語料有所不同罷了。在佛經語料方面，如：陳秀蘭〈從常用詞看魏晉南北朝文與漢文佛典語言的差異〉、史光輝《東漢佛經詞彙研究》，因此，筆者認為：想要明確瞭解中古佛經或心理動詞在漢語詞彙的定位，從常用詞角度切入，是

不可不進行的工作。

（二）中古佛經情緒心理動詞之詞彙現象及歷時性考察

繼上文討論之後，筆者擬從共時性與歷時性角度分別切入，首先觀察佛經語料與中土文獻的語言現象；其中，討論其所反映的語言現象時，擬從幾方面進行：

1. 雙音節化及三音節問題

2. 並列結構同素異序之問題

其次，探討歷時性的語言現象演變。以明中古佛經語料及情緒心理動詞詞義場於古漢語的定位。

以下分別論述行文。

5.1 中古佛經常用詞之探析——以「喜悅」、「喜愛」語義場爲例

從黎錦熙（1935）開始提出「國語常用詞」概念，王力《漢語史稿》、《漢語詞彙史》提到關於常用詞演變的部分，八○年代以來，蔣紹愚引入現代語義學理論分析詞義、詞彙問題，對於詞彙系統及常用詞演變多所討論。〔註1〕張永言、汪維輝（1995）〈關於漢語詞彙史研究的一點思考〉也強調應將常用詞的研究放在詞彙史的重要位置。近年來，李宗江《漢語常用詞演變研究》（1999）、汪維輝《東漢——隋常用詞演變研究》（2000）等著作出現，代表著漢語常用詞演變研究在近年來重要的討論課題。其中，汪氏的著作集中考察中古時期的41組常用詞，考察新舊詞的替換過程。還有一系列漢語史研究者都把常用詞演變作爲考察重點，只是語料有所不同罷了。在佛經語料方面的研究，如：陳秀蘭〈從常用詞看魏晉南北朝文與漢文佛典語言的差異〉、史光輝《東漢佛經詞彙研究》，能夠整體系統性地觀察詞義演變，從語義場裡的常用詞爲單位，對於詞彙教學及漢語詞彙理論體系的建立都具有相當的意義。

「關於「常用詞」的概念，汪維輝（2001：11）提到「常用詞」概念認爲：

首先『常用詞』是跟「疑難詞語」相對待的一個概念，……其次，

〔註1〕 蔣紹愚的研究成果可分別見於《古漢語詞彙綱要》（1989）、《蔣紹愚自選集》（1994）、《漢語詞彙語法史》（2000）等。

使用頻率不是本書確定常用詞的主要依據，更不是唯一依據。我們
所說的常用詞，主要是指那些自古以來在人們的日常生活中都經常
會用到的、跟人類活動關係密切的詞，其核心就是基本詞。……但
是它具有常用性跟穩定性兩個顯著的特點。

而王雲路（2000：264）對於常用詞的特點，也概括了幾個特點：「一、義
項豐富；二、使用頻率高；三、構詞能力強；四、字面普通；五、含意相對穩
固。……當然，一個常用詞不可能都具有以上五個特點，具備了其中的一至二
個特點也就可以了。」。又（2000：263-264）說到它的特性：

從廣義上說，基本詞彙屬於常用詞的範疇，它生命力旺盛，表現在
三方面：（一）具有持久性，可以歷經久遠而不消失。（二）具有廣
泛性，其含義和用法可以被普遍接受，在不同的地域方言中流傳。
（三）具有能產性，成爲其他新詞產生的基礎和要素。從狹義上說，
基本詞中的很大一部份可以是常用詞，常用詞卻並不一定都是基本
詞彙；基本詞彙具有極長久的穩固性，而常用詞卻可以隨著時代的
推移發生一定變化。

陳國華（2004：1）對於「常用詞」的認定標準有不一樣的看法：

常用詞是指在某個歷史時期中使用得較多的詞，這符合學界對常用
詞一般的認識，不至造成術語使用的混亂。……常用詞是有時代性
的，語言發展每一個階段都有自己獨有的常用詞系統；判斷常用詞
的標準應該是詞在某個階段中的「常用度」，常用詞的確定應以不同
語言發展階段、不同地域的詞頻統計爲基礎，不存在「自古以來在
人們日常生活中都會經常用到的詞」構成的整個漢語的常用詞系統。

在學者所提出的意見裡，提出常用詞的特性及其認定標準，而從陳國華的意
見裡，可以知道常用詞研究的明確方向，即以「不同語言發展階段、不同地
域的詞頻統計爲基礎」，並且撤除「自古以來在人們日常生活中都會經常用到
的詞」。如此看來，挑選口語程度高、時代明確的語料，進行時代或地域性的
常用詞觀察，主要以詞頻作爲確定常用詞的標準，且其詞頻是相對性的，因
其時地有別，並沒有絕對的數據標準。

如此看來，以口語化的中古佛經爲材料，進而依據翻譯時代劃分，觀察其

常用詞分佈及交替，便成爲值得探討的方向。而本文擬嘗試以表「喜悅義」語義場與表「喜愛義」語義場爲例，以爲研究進路的探索。

5.1.1 表「喜悅」義語義場之常用詞

　　根據前文 3.1 所討論的表「喜悅義」語義場的詞群成員來看，共計 45 個。所謂「常用詞」，即爲某一語義場裡的「主要成員」。筆者以下歸納常用詞時，以出現頻率多寡作爲優先考慮條件，如果有兩個（以上）的詞（組）出現頻率相近，然若其一詞（組）不是在不同翻譯時期都出現，則依出現頻率高低來決定是否列入常用詞討論。

　　以下，從歷時角度切入，約略統計中古佛經喜悅語義場各詞群成員在各翻譯斷代的出現次數。製表如下：

表 5.1-1 中古佛經表「喜悅」義語義場各義位與義叢之出現次數統計表

詞群	義位與義叢	古譯時代（A.D.178～375）	舊譯前期（A.D.376～501）	舊譯後期（A.D.502～617）
喜	喜 1	625	947	836
	喜悅	100	122	46
	悅喜	12	157	3
	喜樂	51	616	385
	樂喜	13	36	5
	喜歡	6	5	0
	歡喜	971	5394	1348
	喜驚	2	1	0
	驚喜	14	15	0
	喜安樂	0	3	0
歡	歡	43	37	11
	歡欣	19	3	1
	欣歡	1	1	0
	歡娛	8	20	35
	歡悅	101	99	12
	歡豫	19	3	0
	歡樂	29	124	28
	歡喜樂	4	35	5

悅／說	悅／說	127	69	75
	悅欣	1	0	0
	欣悅	30	48	6
	悅豫	139	33	8
	悅樂	30	29	67
	悅懌	2	0	0
欣	欣	96	72	86
	欣欣〔註2〕	13	1	0
	欣喜〔註3〕	18	0	68
	欣慶	15	26	6
	欣豫	26	1	0
	欣懌	12	0	0
	欣樂	36	48	18
樂	樂1	537	748	963
	快樂	110	532	259
	安樂	44	1127	590
娛	娛	143	143	60
	娛樂	234	532	174

　　第一直欄為詞群，共分為「喜」、「歡」、「悅」、「欣」、「樂」、「娛」；第二直欄分別為各詞群之成員，其次則分別依據「古譯時代」、「舊譯前期」、「舊譯後期」統計其出現次數。

　　其中，這時候出現許多聯合式的複音詞，且整個語義場成員以這些複音詞為主，單音節成了少數。在各詞群裡，「喜」詞群以「歡喜」、「喜1」出現頻率最高，「喜1」是從上古喜悅語義場沿襲下來的成員，在中古佛經裡仍運用廣泛；「歡」詞群裡，「歡樂」、「歡悅」出現頻率最高；「悅」詞群裡以「悅豫」、單音

〔註2〕　僅出現於古譯時代竺法護《生經》、《佛說普門品經》、《佛說方等般泥洹經》、《阿差末菩薩經》、《修行道地經》，以及康僧會《六度集經》。筆者按：此應與個人譯經風格有關。

〔註3〕　「欣喜」一詞，筆者檢索中央研究院漢籍電子全文資料庫共出現28次，最早可見「欣喜」於《禮記》指：「欣喜歡愛。樂之官也。中正無邪。禮之質也。」於上古～東漢文獻部分，分別在十三經裡有2例、《史記》2例、《漢書》2例。然而，在中古佛經裡，古譯時期僅出現在竺法護譯經，舊譯後期僅出現在那連提耶舍的譯經裡。足見「欣喜」一詞，僅為中古時期部分譯經經師的個人語言風格用詞。

節「悅」出現頻率最高；「欣」詞群裡，以單音節「欣」與雙音節「欣樂」出現頻率最高；「樂」、「娛」詞群則分別以「樂」及「娛樂」出現頻率為最高。

接著，筆者進而觀察每個翻譯斷代的常用詞，分別製表如下：

表 5.1-2 古譯時代喜悅語義場詞頻

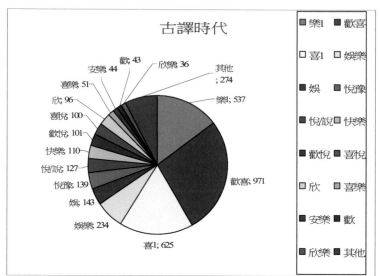

在表 5.1-2 裡，所佔面積越大代表在中古佛經喜悅語義場的出現頻率越高，依次類推。由此可知，古譯時代表喜悅義的主要成員依序有：「樂 1、歡喜、喜 1、娛樂、娛、悅豫、悅／說、快樂」。

表 5.1-3 舊譯前期時代喜悅語義場詞頻

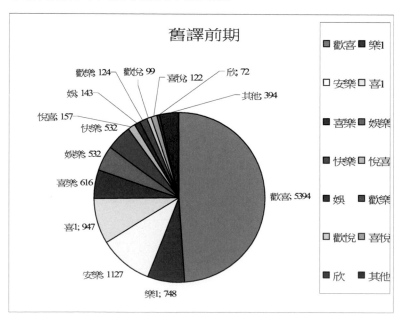

舊譯前期以「歡喜、樂1、、安樂、喜1、喜樂」為主要成員。

表 5.1-4　舊譯後期時代喜悅語義場詞頻

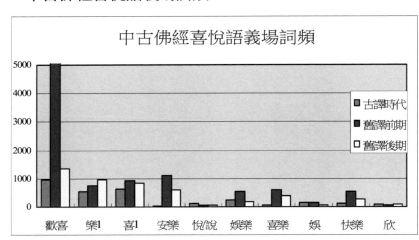

雙音節的「歡喜」的使用頻率提高，取代在上古時期「喜1」、「樂1」的地位。且單音節的使用頻率減少，僅有「樂1」、「喜1」、「娛」、「欣」等，其餘皆為雙音節結構。

接著，根據古譯時代、舊譯前期、舊譯後期三個時期統計，歸納出在中古時期的主要成員，如下表：

表 5.1-5　中古佛經喜悅語義場詞頻

筆者將三個時期出現頻率加總得出在中古佛經喜悅語義場主要成員依次為：「歡喜、樂1、喜1、安樂、悅／說、娛樂」等，並以此六個主要成員進行討

論。製表如下並說明義素分析：

表 5.1-6 中古佛經喜悅語義場常用詞之義素分析

義素＼義位與義叢		喜1	樂1	悅／說	歡喜	娛樂	安樂
語法意義	〔主語〕	＋	＋	＋	－	－	－
	〔定語〕	＋	＋	＋	＋	－	＋
	〔狀語〕	－	－	＋	＋	－	＋
	〔謂語〕	＋	＋	＋	＋	＋	＋
	〔及物性〕	－	－	＋,－	－	＋,－	＋
概念意義	〔喜悅〕	＋	＋	＋	＋	＋	＋
	〔受到外在事物的影響〕	＋	＋	＋	＋	＋	＋
	〔外在事物專指「佛法」〕	－	＋,－	＋,－	＋,－	＋,－	＋
	〔心靈安定〕	－	－	－	＋	－	＋
色彩意義	〔正面〕	＋	＋,－	＋	＋	＋,－	＋

接著進行義素分析的說明。

就語法功能來看，喜悅語義場的核心成員除了「安樂」、「娛樂」之外，大多可在中古佛經裡的句子擔任主語。如：

（例1）是智是等覺。能轉趣涅槃。有喜。有喜處。彼 喜 即是喜覺分。

是智是等覺。能轉趣涅槃。（99・191c）

（例2）若 喜 即是樂。則七覺意中不應。別說猗覺意也。（1646・340c）

〔註4〕

（例3）行者作是念。若 樂 即是苦。誰受是苦。念已則知心受。（1509・286b）

（例4）善男子。慈即是樂。 樂 即是法。法即是僧僧即是慈。慈即如

―――――――――

〔註4〕此段經文的「喜」指「喜悅」義。其上文為「是時名觀。是觀隨逐行者至禪中間。若離覺觀得喜名離生喜。是喜初得能利益身。故名為樂。是離覺觀喜住一緣中。是名為禪。是禪為覺觀所亂。故得離異身果報。以下中上差別故。有梵眾天梵輔天大梵天。問曰。若離覺觀喜名初禪者。則不復以五枝為初禪。若離覺觀與第二禪有何差別。又經中說。初禪有覺有觀。猗樂異喜亦異。」意指「如果出離覺觀得到歡喜，則名為『離生喜』，此喜悅初得能利益其身，所以稱名為『樂』」。

來。（374・456b）

（例 5）若 樂 便安所作無失。無所失者則無有疑。無有疑者解無本故
　　　便無所失。欲不迷色當正堅住。（403・596a）〔註 5〕

（例 6）女人亦如是。不 悦 則捨離。惡心無慈惠。躁擾心不定。（721・
　　　169c）

多用以說解佛教名相，並以單音節居多，亦有作賓語者。如：

（例 7）是族姓子阿難。往世具足多供養諸佛數億百千。行諸度無極
　　　所行之行。而以神通用爲 娛樂 。（329・062b）

（例 8）時須漫那見佛世尊縫補破衣。心懷 歡喜 。前禮佛足。發大誓
　　　願。即於佛前。而說偈言。（200・205a）

（例 9）第二之禪不計不念。制心內觀。善行在內。不復由耳目鼻口
　　　出入。善惡二行不復相干。心處在內唯有 歡喜 也。三禪之行
　　　除去 歡喜 。心尚清淨。怕然寂寞。（152・039c）

（例 10）如經中說。色是苦受。想行識是苦。若色生時當知即是老病
　　　死等諸衰惱生。受想行識亦復如是。又身常務。以身口意造
　　　作眾事。造作眾事皆名爲苦。又諸賢聖以身盡爲 悦 。若實爲
　　　樂 。云何失樂而生歡悦。故知皆苦也。（1646・282c）

（例 11）又亦五道眾生行四威儀。皆無有 樂 。所以者何。（1646・282c）

（例 12）一者如來無有瑕短。所說應時無有短乏心。無忘失無有若干
　　　想。無有不定心。無有不辯。分別所觀無有 所樂 。斷精進無
　　　失。終無失意。（222・195c）

（例 13）由受故有 喜 。失喜則生憂。離喜樂身受。捨念及方便。（1509・
　　　185c）

在句例 12.裡，以「有無」後接所字短語「所樂」爲賓語。例 13.指「色受想
行識既爲苦，諸聖先賢以爲肉身感官滅除乃是『喜悅』，如果是真的『快樂』，
又怎說「失去享樂（感官外在的）會生起歡悅呢？因此可知皆爲苦」「悅」、「樂」

_____

〔註 5〕這段句子應斷爲「若 樂 便安、所作無失。無所失者則無有疑。」指「如果心裡歡
　　　樂便能安止，言行都會合宜不失當。」

均作賓語。

（例 14）初學息時。若身懈怠睡眠體重悉除棄之。身輕柔軟隨禪定心
受 喜 。亦念息入出。除懈怠睡眠心重。得心輕柔軟。隨禪定
心受 喜 。（614‧275c）

（例 15）薩陀波崙自覺我大歡喜故。即時捨 喜 得清淨法性遍身安樂。
是故以三禪樂為喻。（1509‧750b）

心理動詞作為賓語時，其謂語較為特殊，其一，謂語為表示存在的存現動詞，
如句例 11.～13.的「有／無」。其二，其謂語為表示行為動作的行為動詞，如
句例 8.心懷歡喜的「懷」、例 9.除去歡喜的「除去」在佛經裡則常見例 14.～
15.的「受」、「捨」等作為心理動詞的謂語。

又、作定語者。如：

（例 16）無喜見者。遂便捨家入山林中。乃見鳥獸及以草木。風吹動
搖。亦生瞋恚。終無 喜 心。（200‧250a）

大意是「無喜見者……也生起瞋恚，終究沒有『喜悅』之心」。

（例 17） 喜 者。能令身得柔軟心得安隱。 悅 者於轉上法中心得踊悅。
清淨者。離諸煩惱垢濁。（1521‧026b）

是指「歡喜的人，能讓身體得到柔軟心能安穩；和悅的人。能在轉上解脫佛法
裡使內心踊悅欣喜。」

（例 18）如彼脩行人。永拔愁憂之本。與 樂 根共相應。寂然觀世變。
如彼幻野馬也。（212‧758a）

其意為「就像修行的人，永遠拔除憂愁的根本，和『快樂的』根本相應」。

（例 19）今此比丘。遙知我飢。喚我與食。尋即來前。食彼飯已。充
足飽滿。發 歡喜 心。娛樂之形無常之變。住於虛空。（200‧
222b）

（例 20）菩薩若見諸 安樂 事。明識一切本則無安。。（310‧662b）

（例 21）若有眾生聞此音聲。覺悟之者皆得快樂。譬如東方不動國
土。亦如西方 安樂 世界。其中眾生歡娛踊悅。（414‧800a）

以上句例裡，喜悅語義場主要成員都作定語，用以修飾其後頭所帶的名詞／名

詞詞組，也是心理動詞的重要語法功能。

在狀語功能方面，「娛樂」在中古未見作狀語用例，[註6] 依筆者觀察中古佛經用例，「喜」、「樂」作狀語表示主要動作的狀態時，多為表示「喜愛」義的「喜2」、「樂2」，此處暫不討論，僅討論喜悅語義場部分。[註7] 又其作狀語用例如下：

（例22）天龍鬼神閱叉健陀羅。見莫不 悦 咨受訓誨。分別一切章句本末。（186‧484a）

（例23）謂之大慈不動大悲不捨。性以和樂而不荒。見人而 悦 奉事聖眾。惠施軀命以受正法。種善無厭分德不住。（474‧533c）

（例24）時法王 安樂 出入。無有憂患。邊國小王順從教令。境內人民亦得安樂。生業自恣無諸憂苦。多得利益。無有損減。（1428‧992c）

（例25）病者答曰。得王身髓以塗我體其病乃愈。是時太子即破身骨。以得其髓持與病者。 歡喜 惠施心無悔恨。（349‧188c）

例22.大意是「天龍鬼神閱叉健陀羅。見（佛）都能『喜悅地』接受訓誨，理解貫通一切經句。」例23.意謂「見人能『喜悅地』奉事所有聖眾。」「咨（諮）受訓誨」為動詞詞組，「悅」用以修飾其狀態。例24.指「法王『安樂無憂地』

〔註6〕 在喜悅語義場裡，有「樂1」作狀語修飾動詞者，如：「告諸菩薩眾。汝等且應觀。彼六萬八千。諸善男子等。往昔已墮落。今還修菩提。皆誓言我等。各住生死中。當來牟尼所。當受持此經。皆 樂 聞此典。最勝不思議。諸佛所說法。心常無厭足。（414‧826b）」大意是「佛告諸菩薩眾，應修持這部經典（菩薩念佛三昧經），都很喜悅聽聞這部經典。」「聞」在句中為主要動詞，「樂」用以修飾其狀態。「樂聞」一詞在古譯時期僅出現24次，舊譯時期其使用頻率高，有182次之多。又如「諸天子！ 樂聞 者，聽我說。（225‧482b）」。佛說已皆歡喜。月天子月星天子。彌勒菩薩賢者大目捷連。諸天龍閱叉捷陀羅阿須倫阿須倫民。莫不 樂聞 歡喜。前為佛作禮。（816‧816c）。足見「樂聞」詞素關係緊密。

〔註7〕 依據中古佛經用例來看，「喜」、「樂」作狀語表示主要動作的狀態時，部分表示「喜愛」義的「喜2」、「樂2」。如：「國中庶民見其家內財寶饒多各各慕及。 樂 為營從。（202‧370c）。」其中亦有同形異義者，搭配其文義判斷句中心理動詞為主要動詞，後接謂詞性賓語，如：「彼城中有一長者。財寶無量。不可稱計。唯有一子。名曰難陀。甚為痲憜。常 喜 睡眠。不肯行坐。（200‧204a）」詳參3.2部分。

出入國家，因此境外他國順從其教令，境內百姓也得到安樂。」例25.指「太子將身髓給予生病的人，『歡喜地』施加恩惠（使他們病癒），心裡毫無悔恨之意。」

在中古佛經語料裡最常擔任的即是述謂功能。大多不接賓語。如：

（例26）行人答曰。今日佛當來入城。菩薩大 喜 。自念甚快。（185·472c）

（例27）佛知猛觀梵志所生疑。是時便作一佛。端正形類無比。見者悉 喜 。有三十二大人相。金色復有光。衣法大衣。（198·182a）

（例28）復有長者女。始嫁有願生子男者。當作百味之糜。祠山樹神。後生得男。 喜 即作糜。盛以金鉢。其女瀉糜。釜杓不污。（185·479a）

（例29）眾生見者即必定佛法故。聞我音聲即得真實智慧故。心 喜 恭敬即斷煩惱故。得如藥樹王身故。（1522·140b）

（例30）譬如貧人得大寶藏心則大 樂 。（653·793a）

（例31）菩薩思惟涅槃甚 樂 。生死陰身極為大苦。（1577·261c）

（例32）爾時閻浮提內。米穀豐熟人民熾盛。土地極 樂 。（1428·782a）

（例33）其人作伎。眾庶益 悅 。瞻戴光顏。如星中月。（154·088b）

（例34）有五百人。菩薩過之。終日竟夜。論道說義。師徒皆 悅 。（185·472c）

（例35）比丘聞之。 歡喜 甚 悅 。怪此小兒。乃有智慧非是凡人。（152·035c）

然而，在喜悅語義場主要成員裡之一「娛樂」，在中古佛經作謂語功能時，卻有截然不同的語法特徵：不帶賓語的用例屬少數。如：

（例36）諸臣吏求諸婇女。不知所趣。愁憂不樂。涕泣悲哀。念諸婦女。戲笑 娛樂 。夫婦之義。本現前時。諸作伎樂。思念舉動坐起之法。反益用愁。不能自解。（154·070b）

（例37）其家親屬死亡者眾。復於七日中悲泣號咷。啼哭相向。過七

日已。復於七日中共相慶賀。娛樂歡喜。（001・041b）

　　就謂語功能的及物性來說，筆者未見「喜 1」、「樂 1」後接賓語用例。而「悅／說」、「歡喜」、「安樂」、「娛樂」四個義位及義叢，在中古佛經裡亦可作及物後接賓語。

　　若句子的謂語之後帶有表示人的名詞性賓語，即便構成使役結構，這個賓語稱為使役賓語。在以單音節為主的上古漢語裡，「喜 1」、「樂 1」本能直接帶使役賓語，「悅」則須以介詞「于（於）」引介，用來表示使人喜悅、歡樂之意。〔註 8〕邵丹（2006：27）提到：「中古時期中土文獻的句法格式和上古漢語相比也沒有大的變化，主要的發展就是『悅／說』帶使役賓語的用例增多，而且不再像《左傳》需要介詞『于』再接使役賓語。……此外，帶使役賓語的主要是『悅／說』，……。」〔註 9〕然而，在同為中古時期的佛經語料，卻有不同的展現。在古譯時代、舊譯前期也仍見少數保留這樣的用法。如：

（例 38）唯佛之子。仁之功德不可思議。一切世界悉遍知之。興大變
　　　　　化悅諸菩薩無極感動。（291・593c）

（例 39）今諸所有庫藏珍寶用賜其子。子聞歡喜得未曾有。佛亦如是。

〔註 8〕「悅」則須以介詞「于（於）」引介，用來表示使人喜悅、歡樂之意。如：

1. 夏，鄭殺申侯以說（悅）于（於）秦，且用陳轅濤涂之譖也。初，申侯，申出也，有寵於楚文王，文王將死，與之璧，使行。（《左傳・僖公 7 年》）。

2. 夏，四月，周公忌父，王子黨，會齊隰朋，立晉侯，晉侯殺里克以說，晉侯殺里克以說（悅）（《左傳・僖公 10 年》）。

〔註 9〕關於喜悅語義場成員在上古漢語使役用法的討論，詳參邵丹（2006：46-47），以下轉引其部分句例以便說明。如：

1. 《論衡・論死》：「孔子知之，宜輒修墓，以喜魂神。」

2. 《左傳・襄公 25 年》：「欲弒公以說（悅）於晉，而不獲間。」

3. 《禮記・祭統》：「君為東上，免而摠干，率其群臣以樂皇尸。」

4. 《宋書・周朗沈懷文列傳》：「若乃關奇謀深智之術，無悅主狎俗之能，亦不可復稍為卿說。」

從其引例觀察，上古漢語的用例來看，「喜1」、「樂1」可直接後接使役賓語，「悅／說」須以介詞「於」引介，到了中古漢語裡，《宋書》的「悅／說」可以直接帶使役賓語。

先現小乘一時[悅]我。然今最後。普令四輩比丘比丘尼清信士
清信女。天上世間一切人民。顯示本宜。佛權方便說三乘耳。
（263‧081b）

（例40）常以惠施[安樂]一切，恣所求索象馬、車乘、衣被、財穀、國
城、珍寶，皆給與之。（221‧008b）

（例41）今我世尊亦應如昔過去諸佛[安樂]眾生。宣說菩薩念佛三昧。
（414‧794b）

在舊譯時期佛經裡，「悅」、「安樂」則和其他喜悅語義場主要成員一樣，多改以
「令／使＋（賓語）＋喜1／樂1／悅／歡喜／安樂」格式取代。如：

（例42）彼即言。毘舍離優婆塞瞋。汝往教化令[喜]。時即差使共往。
（1428‧969a）

（例43）善男子。如來應正遍知。恣汝所問。當隨意答令汝心[喜]。
（397‧314a）

（例44）益眾伎女綵女娛樂。令太子[悅]不懷憂慼。（186‧503b）

（例45）世尊名聞令渴仰。見佛令人[喜]無窮（669‧477a）

（例46）其心清淨令人[歡喜]。信意樂於佛道無有亂。所作諦恭敬斷諸
貢高憍慢。（323‧026c）

（例47）爾時世尊。晝夜六時。觀察眾生。誰應可度。尋往度之見嚙
婆羅。失眾伴侶。愁憂困苦。悶絕躃地。尋往坑所而為說法。
使令[歡喜]。（200‧227b）

（例48）時牧牛兒來坐聽法。跋難陀釋子。善為說法。種種方便勸進
檀越。令大[歡喜]。（1428‧846c）

（例49）若彼眾生入喜令自[娛樂]。皆是菩薩發令僧[安樂]。令不信者
信。（1428‧1008c）

由此可知，中古佛經語料與中土文獻在使役結構反映不同的語言現象，從「悅
／說」為主進行觀察，筆者推測：由於「于／於」是個古老的介詞，在上古漢
語裡，動詞與賓語間的關係不夠密切時，則藉由「于／於」引介；動詞與賓語
關係密切後，則省略介詞，進而以「使／令」語法結構的出現取代。「悅／說」

在古譯時代的用例，與邵丹所說的「中古漢語的用例增多」則是一種發展較慢或存古（《宋書》屬書面語，與實際語言已有出入）的現象。

「娛樂」和其他喜悅語義場主要成員的語法特徵不同，除僅少數不帶賓語特點外，在中古佛經裡也作後接名詞性賓語的用法，如：

（例 50）是時諸發意菩薩。天華天香天不飾華天澤香。皆舉持散菩薩上。天上千種諸伎樂持用供養 娛樂 菩薩。如是音樂聲皆說如是。（816・812c）

（例 51）譬如幻師持一鏡，現若干種像，若男、若女，若馬、若象，若廬館、若浴池，於中示現若干種坐，氍毹、罽毯、綩綖、帳幔、香華、伎樂、種種食飲之具，以名伎樂 娛樂 眾人（221・0130a）

例 50「菩薩」為使役賓語，解釋為「使菩薩愉悅歡樂」，例 51.「眾人」為使役賓語，解釋為「幻師持鏡以法術展現各種器具形象音樂，使眾人愉悅」。雙音詞「娛樂」在漢朝出現，《史記・廉頗藺相如列傳》：「趙王竊聞秦王善為秦聲，請奏盆缻秦王，以相 娛樂。」由「娛」、「樂」組合而成，具有「娛」的語法特點，與「樂 1」不同，語法特徵亦有別於其他喜悅語義場的詞，如句例 52.～53.作「自娛樂」：

（例 52）梵志。是我初心於現法中而自 娛樂。若除有覺・有觀。內有歡喜。兼有一心。無覺・無觀。定念喜。遊於二禪。是謂。（125・666b）

（例 53）是時菩薩問阿蘭曰。汝學積久涉苦無數為獲何證而自 娛樂。（212・644a）

抑或「相娛樂」，〔註10〕相較之下，「娛樂」像是及物動詞，在句子裡以帶賓語為常，且多為使役賓語，使役義應該是它詞義的一部份。邵丹在（2006：47）分析「娛」字的使役結構時，提到：「在眾多可以帶使役賓語的表示『喜悅』的詞中，『娛』是一個比較特殊的詞，如果說其他的詞帶使役賓語是不及物動詞帶賓語這種結構產生的使役義，而『娛』的使役義應該是它詞義的一部份，『娛』雖然歸入「喜悅」語義場中，但它不像其他的『喜悅』語義場成員是

〔註10〕此乃受情狀副詞「相」修飾使然，於下文解說。

不及物動詞，它更像是一個及物動詞，它在句中以帶賓語爲常，而且帶的賓語都是使役賓語，所以這種使役義應該是它詞義的一部份，並且形成了很多使役義的詞，如：『娛人、娛心、娛目、娛親、娛賓、娛精、娛意、娛腸、娛情』等等，由『娛』和『樂』同義語素聯合形成的複合詞『娛樂』也有『娛』的這種特點。此外，「娛樂」亦後接代詞性賓語，此即其及物動詞性質的語法特徵。如：

（例 54）眾寶莊嚴。敷以寶衣。萬阿僧祇寶像以爲莊嚴。種種妓樂而
　　　　　娛樂之。有二十八大人之相八十種好。而以莊嚴。身眞金色
　　　　　如明淨日。普照一切（278．709b）

（例 55）時王默然聽臣所諫。王復寬恩勅語諸臣今聽王子著吾服飾天
　　　　　冠威容如吾不異内吾宮裏作倡伎樂共娛樂之（212．641b）

此外，在本文考察範圍裡出現「喜1」後加代詞性賓語的孤例，如：

（例 56）如過去佛隨而喜之。是名第三。（414．823b）

「隨喜」一詞，在現代漢語爲常見佛教用語，在本文考察範圍裡，古譯時期無「隨喜」一詞，然而在舊譯前期則大量使用，共有 901 例，舊譯後期有 191 例。筆者認爲「隨喜」乃於舊譯前期出現的新詞，並大量使用，爲「隨之歡喜」意。如舊譯前期有「如彼諸佛往昔已曾修菩薩行聞此三昧。即便求之生隨喜心。我今亦爾。如過去佛隨而喜之。是名第三。（414．0823b）」且丁福保《佛學大辭典》「隨喜」條：（術語）見人之善事，隨之歡喜之心也。法華玄贊十曰：「隨者順從之名，喜者欣悅之稱，身心順從，深生欣悅。」此爲「喜 1」後接代詞性賓語的用例，但是爲孤例，且於語料未見「樂」、「悅」後接動詞性／主謂結構／數詞性／代詞性賓語的句例。（若同形異義帶賓語者，其詞義屬「喜愛義」，詳參 3.2）。筆者認爲這應與句法格式相關，簡單來說，這幾個喜悅語義場的成員均可引申出「喜愛義」，其引申的途徑應該就是由不帶賓語轉爲帶賓語的格式使然。而「悅」則較保留其原有用法，因此仍能作狀語、作謂語時後接名詞性賓語（使役賓語）。

　　再者討論謂語與各類副詞搭配的關係。否定副詞的「弗」，在中古佛經裡，僅與喜悅語義場成員「樂」搭配，且僅有一例。如：

（例 57）首立菩薩曰。勞生爲二。爲勞乘者其於生也弗知弗樂。以過

眾知而受色欲者。是不二入。（474‧531a）

喜悅語義場各成員均可與否定副詞「不」搭配，且頻率極高，如：

（例 58）如是愚癡無聞凡夫。見水漂蕩心生執著。生執著已其心不
　　　　 喜。心不喜故作不喜業。譬如虛空。於明於闇不瞑不喜不
　　　　 分別。（310‧425a）

（例 59）先除憂喜。不苦不樂。（001‧0023c）

（例 60）王寤驚悸不樂。念是比丘病重乃須彼藥法所難得。（169‧
　　　　 411c）

（例 61）逢見病人。以此不悅。（185‧035c）

（例 62）時波斯匿王聞已心甚不悅。王復問言。今者欲何所至耶。
　　　　 （1428‧669b）

（例 63）得善不喜。逢惡不憂。捨世八事。懺悔者。以是因緣閉心而
　　　　 住不喜不樂。六者於法好醜不執不責。七者於得不得不喜不
　　　　 恨。八者於苦不感於樂不欣。（659‧255c）

（例 64）其人智慧不明。知經復少。心不歡喜。意不開解。其人久久。
　　　　 亦自當智慧開解知經。明健勇猛。心當歡喜。（362‧310c）

（例 65）爾時勇健王。七日之中在於園苑。心無悅樂都不喜戲亦不娛
　　　　 樂。（639‧604b）

（例 66）菩薩往詣而作是言。仁者。何故愁毒不安樂耶。（659‧251a）

（例 67）聞諸尊聲聞各各說是事。聞所說亦不喜亦不憂（337‧088b）

其次，觀察其作述謂功能與情狀副詞「相」的搭配。

（例 68）復次覺諸眾生歡喜相喜解脫。於一切眾生同喜。（1549‧746c）

（例 69）與妖婬蕩女。飲食相樂。彼於異時。其人不現。（154‧072b）

（例 70）諂曲者。如其心念。虛相推舉。善言稱讚。販弄好惡為調要
　　　　 利。排諧相悅引利自向。（648‧403a）

（例 71）爾時善住象王。洗浴相娛樂飲食已。便還至善住樹下。（023‧
　　　　 279c）

情狀副詞「相」與「喜1」搭配有 5 例、「樂1」有 22 例，「悅」僅有 1 例；不與「歡喜」、「安樂」搭配，然而「相娛樂」、「共相娛樂」、「互相娛樂」共有 270 例之多。綜合上述語法特徵，在雙音節詞繁盛的時代，筆者檢索「喜悅」語義場雙音節詞與情狀副詞「相」的搭配，結果只見少數零星用例，整體觀察看來，以雙音節的「娛樂」用例最多，其次爲單音節義位。筆者推斷：「娛樂」與情狀副詞「相」搭配詞頻極高的現象，與「娛樂」一詞的及物性有關；而「喜1」、「樂1」、「悅」與「相」的搭配，應是受到雙音節化的影響。

心理動詞實際上也是一種他動詞，但是在語法上跟行爲他動詞有區別。用以和其他動詞的重要特點之一，便是能和程度副詞搭配，在現代漢語受到「很／非常／十分／特別」等修飾，如：很愛（他）／十分討厭（這種人）／特別佩服（老師）。

受程度副詞修飾是心理動詞的重要特徵，修飾的搭配關係可見有「量級」的差別。程度副詞內部也存在量級的差別，大致來說，可分爲「極」類和「甚」類。「極」類表示程度達到極點，「甚」類表示程度超過一般但尚未達到極點，「大」亦屬「甚」類。

在中古佛經，「喜1、說／悅、樂1」均能受程度副詞「大」的修飾，如：

（例 72）奈女大喜。即起爲佛作禮而去。（005・163c）

（例 73）諸女皆出迎逆。好華好香供養仙人。仙人大喜。（1509・183b）

（例 74）其長者聞。欣然大悅。（154・087c）

（例 75）中心踊躍亦復如是。猶蜂採花以用作蜜積德亦爾。其意大悅我定上天。（606・186a）

（例 76）除他人苦生大歡喜故。菩薩與他大樂不必歡喜。他與人少樂心大歡喜。（1577・0264c）

「歡喜」、「安樂」亦受程度副詞「大」作狀語修飾，與「喜1」、「樂1」、「悅」的用法相同，然而「娛樂」不受「大」修飾。如：

（例 77）王大歡喜。多所賜遺。恣其所欲。（154・101a）

（例 78）願佛世尊。屈意數來憐愍我故。當大安樂。當大利益。（625・383c）

「喜1、悅、歡喜」受「大」修飾的頻率高，「大喜」有 46 例，「大悅」有 37 例，「大歡喜」有 697 例；「大樂」出現頻率低，僅有 4 例，〔註11〕「大安樂」14 例，「娛樂」不受「大」修飾。然而，「樂 1」受「甚」修飾比例高，有 40 例，如：

（例 79）天中甚樂。地獄極苦。（721・278b）

（例 80）菩薩思惟涅槃甚樂。生死陰身極爲大苦。（1577・261c）

（例 81）語王言。得最愛女焚燒祠天乃吉。王甚不樂。（208・542c）

相較之下，「喜1、悅、歡喜」的用例較少，「甚喜」有 8 例，「甚悅」有 4 例，「甚歡喜」有 30 例，「甚娛樂」1 例，未見「甚安樂」用例。如：

（例 82）見者甚樂。聖所愛戒。（721・212c）

（例 83）文殊師利童子甚悅。（474・526c）

（例 84）其婿甚喜。大婦心內嫉之。（208・540a）

（例 85）爾時天帝釋甚歡喜。（023・0301a）

（例 86）如彼悅樂龍王。莫能動者。昇於忉利。於彼興起。行至負
　　　　乘。而甚娛樂。（288・591b）

與程度副詞「極」的搭配情形來說，「極喜」、「極娛樂」各有 1 例，「極歡喜」7 例，「極娛樂」1 例，「極樂」73 例，未見「極安樂」用例。

（例 87）心中怡悅喜極喜。（1462・750a）

（例 88）度世無爲泥洹之道快善極樂。（362・315b）

（例 89）雖在尊位財富極樂。不輕貧賤羸劣弱者。是爲忍辱。（403・
　　　　588b）

（例 90）王極歡喜。正使極盛之火猶可滅之。（125・667c）

〔註11〕「大樂」在佛教裡屬專有名詞，指有別於世間歡樂的「自性清靜之樂」。《佛光大
　　　辭典》「大樂大貪染」條：「蓋一切諸法雖有種種差別，惟自性乃絕待清淨，故若
　　　證悟此自性清淨之理，離差別之妄執，則自他即共受永劫眞實之大樂，此乃金剛
　　　薩埵之內證。又金剛薩埵以此大樂法門而別於世間之小貪小欲。〔理趣釋卷上〕」；
　　　又《佛學大辭典》：「理趣釋開題曰：『大樂金剛者金剛薩埵異名。妙樂之中，此尊
　　　三摩地特爲殊勝，故曰大樂。』」

（例 91）或時生天上。婇女極娛樂。（1673・749c）

（例 92）或時生天上。婇女極娛樂。目眩眾妙色。耳聞萬種聲。觸身
皆細軟。快樂難可名。（1673・749c）

其中，「極樂」一詞今為佛教專名，應為詞彙組合關係密切，使用頻繁，因而凝聚為詞。丁福保《佛學大辭典》「極樂」條提到：

（界名）Sukha^vati，佛土名。阿彌陀佛之國土。又作安養，安樂，
無量清淨土，無量光明土，無量壽佛土，蓮華藏世界，密嚴國，清
泰國等。梵名須摩提。譯曰妙樂。諸事具足圓滿，惟有樂而無有苦
也。阿彌陀經曰：「從是西方過十萬億佛土，有世界，名曰極樂。其
土有佛，號阿彌陀。今現在說法。（中略）其國眾生無有眾苦，但受
諸樂，故名極樂。

由例 88～89，可知「極樂」所指的亦包括「極度喜悅歡樂」的一般意義，故列入討論範圍。

此外，亦有程度副詞複合者，「極大歡喜」有 14 例，「甚大歡喜」有 28 例，「極大安樂」有 1 例，。

（例 93）如是聞已。極大歡喜。其以得聞魔分損減。（721・0091a）

（例 94）小兒見已。甚大歡喜（200・214a）

（例 95）爾時惡魔。甚大歡喜踊躍。（227・573b）

（例 96）若人能受如來所說禁戒者。當來世極大安樂。是名安隱。
（1462・714c）

「極大」、「甚大」作程度副詞修飾心理動詞的用法，在中古佛經裡皆與雙音詞搭配，如支謙《撰集百緣經》：「爾時提婆達多極大愚癡。（200・210a）；法顯《大般涅槃經》：「今者天人。極大苦痛。（007・193b）足以反映中古當時漢語雙音節化的語言現象。

根據上面敘述，以百分比呈現「大」、「甚」、極」程度副詞和喜悅詞義場六個成員搭配關係的頻率。如下表：（小數點後一位四捨五入）

程度副詞	喜1	樂1	悅	歡喜	安樂	娛樂
大	5.9	4.8	5	89	0.1	0

| 甚 | 10 | 48 | 13 | 36 | 0 | 1.2 |
| 極 | 1 | 90 | 0 | 9 | 0 | 1 |

（單位%）

由此可知，程度副詞「大」與「歡喜」搭配頻率爲最高，「甚」與「樂 1」的搭配頻率較高，「極」則多與「樂 1」搭配。若從詞義場主要成員角度切入觀察，其搭配關係頻率如下表：

	大	甚	極	極大	甚大
喜 1	84	15	2	0	0
樂 1	34	3	62	0	0
悅	90	10	0	0	0
歡喜	90	3.9	0.9	1.9	3.7
娛樂	0	50	50	0	0
安樂	93	0	0	7	0

（單位%）

　　同一心理動詞用表不同程度的副詞修飾，其表達程度的量自然不同。極類副詞的程度量要高於甚類副詞，從上表歸納得知：「喜 1」多與「大」搭配，其次爲「甚」；「樂 1」多與「極」搭配，其次爲「大」；「悅」多與「大」搭配，不與「極」搭配；「歡喜」多與「大」搭配。雖然這幾個義位與義叢同樣表達喜悅意義，然而顯現在程度量級上，「樂 1」的喜悅強度最強，其次爲「歡喜」、「喜1」，而「悅」的喜悅強度較弱。〔註12〕

　　最後，簡要說明句式。在中古佛經裡，「喜 1」作爲謂語的句式主要有：S＋心＋喜，S＋（不／大）喜。「樂 1」與「悅／說」的句式爲「S＋（不／大／極／甚）＋樂 1」與「S＋（甚／不／大）悅」，「樂 1」能與副詞「不／大／極／甚」搭配，然而「悅」不和程度副詞「極」搭配。筆者考察中古佛經得知，「悅」與「樂 1」雖在語法功能一致，然而在程度副詞搭配關係有所差異。這與詞（組）本身的概念意義相關，於下文討論。「歡喜」的句式主要爲：

　　「Subject＋（大／甚／極／極大／甚大）歡喜」、

　　「Subject＋心＋歡喜」、

〔註12〕在中古龐大語料範圍裡，「娛樂」、「安樂」受程度副詞修飾用例分別僅有 2 次與 15次，百分比數據恐過於絕對，然爲求周全，仍表列呈現。

「（Subject）＋令＋Oubject＋歡喜」；

「娛樂」的主要句式爲：

　　「（Subject）＋娛樂」、

　　「（Subject）＋娛樂＋Oubject」。

而安樂的主要句式爲：

　　「（Subject）＋安樂」、

　　「（Subject）＋令＋Oubject＋安樂」。

　　在概念意義方面，「喜1、樂1、說／悅」這三個詞都有〔喜悅、高興〕的意思。「喜1」在上古文獻用例來看，是指由內心自發進而外現的喜悅情緒，如：《詩・鄭風・風雨》：「既見君子，云胡不喜？」

　　但是到了中古佛經，卻有不同的用法。如：

（例97）母聞亦 喜 。即莊飾女。眾寶瓔珞。（198・180a）

（例98）我曹得與佛相見。得聞阿彌陀佛聲。我曹甚 喜 。莫不得點慧
　　　　開明（362・313a）

（例 99）人答曰。今日佛當來入城。菩薩大 喜 。自念甚快。（185・
　　　　472c）

（例100）聲聞各各說是事。聞所說亦不 喜 亦不憂。（337・088b）

（例101）邪見者作惡業則 喜 。作善業則憂。（1551・847a）

（例 102）爲二種歡喜。一者以三昧。二者以毘婆舍那。云何以三昧
　　　　而覺喜入二禪定。有喜正入。一剎那心與喜等。心中怡悅
　　　　喜極 喜 。（1462・750a）

例97.指「母親聽見後內心歡喜」，進而「即裝飾女。眾寶瓔珞」例98.意謂「我輩與佛相見並得聞阿彌陀佛聲自然發起喜悅之情」；例 99.指「菩薩得聞『今日佛當來入城』一事，內心流露喜悅之感」，與當事者對外在事物的情緒反映有所不同。；例 100.是「聞說者聽聞所說，內心沒有生起任何喜憂之情」；「喜1」的施動者身份不拘，造成情感流露的原因亦隨施動者身份而不同，如：例100.指「邪見者作惡業心生喜悅之情」，例 102.是指「處於二禪定狀態時，內心自然流露喜悅之情」。

「悅」字於古文原寫爲「說」字，「悅」是「說」的分化字。王鳳陽（1993：833）舉《左傳・僖公30年》：「秦伯說，與鄭人盟。」、《戰國策・齊策》：「臣（指馮諼）竊矯君命，以責賜諸民，因燒其券，民稱萬歲，乃臣所以爲君市義也。孟嘗君不說。」秦伯的「說（悅）」是燭之武勸說的結果，孟嘗君的「不說（悅）」是對馮諼言語不滿的反應。「說」作爲動詞時有勸說、說服之意；「悅」用以形容「說話投機、共鳴產生的喜悅之情」，因此人說「衷心悅而誠服」。「悅／說」與「喜1」的不同在於「悅」並不是內在自發的情緒，是屬於對於外界事物的喜悅情緒反映。如：

（例104）說是語時八千天人。發無上正眞道意。文殊師利童子甚|悅|。

　　　　　（474・526c）

（例105）其初生之時。身自坐禪思。其身威神光。明徹普遍照。若見莫不|悅|。因是得濟度。（186・499c）

（例106）佛有沙門名曰安陛。遣行宣法開化未聞。五濁之世人心荒迷不達至眞。入城分衛。衣服整齊威儀禮節。不失常法行步安詳。因是使人見之心|悅|。（186・533c）

例104.指「文殊師利因對於『佛說法時，八千天人皆發無上至正道意』這樣的情況而感到內心非常『喜悅』。」例105.指「如果見到『菩薩通徹貫體巍巍神威』沒有不喜悅的」。例106.指「佛國沙門安陛入城乞食（分衛）時，因此人們看見他『衣服整齊、相貌氣質莊嚴合節度，行步安詳』都心裡『喜悅』。」然而，產生這種喜悅之情的「外在事物」，不專指對聽聞佛法／受佛菩薩功德感悟使然，亦指對於一般事物的喜悅。如：「其人作伎。眾庶益|悅|。瞻戴光顏。如星中月。（154・088b）」指「所有百姓因『其人作伎』而高興」。

「樂1」本指樂器、音樂，最初指音樂在內心所引起的感情，後泛指快樂的情緒。《論語・學而》：「學而時習之，不亦說乎？有朋自遠方來，不亦樂乎？」此例解釋爲君子自學之悅、與他人交遊之樂的不同，「樂」的喜悅程度較強；且《經典釋文》：「自內曰悅，自外曰樂。」，其喜悅之意乃受外在環境的歡樂氣氛渲染使然。亦可知，「說／悅」是指內心的喜悅，如：《詩經・草蟲》：「亦既見止，亦既覯止，我心則悅。」中古佛經用例，如：

（例107）譬如貧人得大寶藏心則大|樂|。如是舍利弗。未來世中多有

> 比丘。親近白衣受其供養。漸相狎習而與執事。心便歡喜
> 以爲悅樂。猶如貧人得大寶藏。（653・793a）

指「未來世（佛法興盛）有許多比丘，親近一般百姓接受供養，就像貧苦的人得到大寶藏般，心裡極其歡樂。」

> （例 108）菩薩思惟涅槃甚 樂 。生死陰身極爲大苦。我當代一切眾生
> 受此陰身之苦使得解脫。阿羅漢身盡佛亦身盡。身盡雖同
> 不能救濟。佛滅身爲善。（1577・261c）

指「菩薩思量解脫是非常快樂的，輪迴生死是非常痛苦的，我（指菩薩）應該代替眾生受這一切生滅之苦，使他們得到解脫」。

> （例 109）天王謂言。可益裝船興兵相待。却後七日。當將王往適。
> 言天王便化去。到其日便大興兵益裝船。不見梵志來。是
> 時王愁憂不 樂 ，拍髀如言。怨哉我今以亡是大國。如得駒
> 夷不堅獲。如期反不見。（198・175b）

指「王要大肆裝船興兵，卻在約期不見梵志到來，當時王愁憂不快樂。」從這幾個用例看來，「樂1」的情緒產生，是受到外在事物影響。然而，和「悅」與的相同點在於「都是對於外在事物的情感反映」，相異點在於「悅」強調的是被說服引起共鳴徹悟的喜悅之情。「樂1」強調的是因外界事物引起的「內心愉悅」情緒。〔註13〕

由此可知，「喜1」在上古文獻本指由內在而發的情緒，「悅」、「樂1」爲受到外在事物影響的情緒，然而在中古佛經裡的用法一致，都是受到外在事物影響而引發的情緒。

「歡喜」是「歡」與「喜1」同義複合而成，都是指「流露於外」的情緒。「喜1」有〔內在自發情緒〕義素，然而，「歡」多因外在事物使然，「歡」、「喜1」聚合成詞應是二者同有〔流露於外的情緒〕義素，因此有一般義及佛經受佛法徹悟共鳴心生歡喜的用法。王鳳陽（1993：834）提到「歡」字是這樣說的：

〔註13〕邵丹（2006：19-25）舉《宋書・孝義列傳》：「太守張岱疑其不實，以棘、薩各置一處，語棘云『已爲諮詳，聽其相代。』棘顏色甚悅，答云：『得爾，旦則爲不死。』」解釋中土文獻裡「喜」、「悅」無別。並認爲在佛經語料裡亦不分，然而，在筆者觀察過程裡，認爲大量的佛經句例仍可區別這些義位的概念意義。

歡，也形容喜悅快樂。不過它表示的喜樂程度比「喻」、「怡」高多了，也比「欣」高。「歡」跟「讙」同源，「讙」是喧嘩的意思，樂到高呼雀躍的程度才叫「歡」。……，除了「歡迎」、「歡呼」、「歡笑」等外，還可以「舉國歡騰」、「歡呼雀躍」、「歡蹦亂跳」、「歡聲載道」、「歡天喜地」、「歡聚一堂」……。由此可見「歡」不限於一個人的喜悅，多數表示若干人或人群的情緒熱烈的喧呼，是掩藏不住極度幸分的心情及盡興笑樂。

中土文獻的「歡喜」是指「快樂高興」之意。「歡喜」在佛經裡，除了一般的喜悅義之外，亦指「眾生因聽聞佛法佛號心生喜悅至於信受奉行」，強調的是因領受佛法徹悟共鳴而心生歡喜的情緒。〔註14〕

（例 110）其人於城中。五百歲乃得出。往至阿彌陀佛所聞經。心不
　　　　　開解。亦復不得在諸菩薩阿羅漢比丘僧中聽經。以去所居
　　　　　處舍宅在地。不能令舍宅隨意高大在虛空中。復去阿彌陀
　　　　　佛甚大遠。不能得近附阿彌陀佛。其人智慧不明。知經復
　　　　　少。心 不歡喜 。意不開解。其人久久。亦自當智慧開解知
　　　　　經。明健勇猛。心當 歡喜 。（362・310c）

〔註14〕《佛光大辭典》「歡喜」條：「〈一〉梵語 pramudita，巴利語 pamudita。音譯波牟提陀。即接於順情之境而感身心喜悅；亦特指眾生聽聞佛陀說法或諸佛名號，而心生歡悅，乃至信受奉行。中阿含卷六教化病經（大一・四六〇中）：『世尊為我說法，勸發渴仰，成就歡喜。』於修行之歷程，有各種不同層次之歡喜。其中，修證至初地之果位，乃真正之歡喜，故初地菩薩稱為歡喜地菩薩。但初地以前之凡夫，亦能經由聽聞佛法，或感念佛菩薩稀有之功德，而生起歡喜之心；此誠為信受之結果，可謂珍貴之宗教體驗。據天親之十地經論卷二載，歡喜地菩薩之歡喜，乃指「心喜、體喜、根喜」，其歡喜有九種：（一）敬信歡喜，（二）愛念歡喜，（三）慶悅歡喜，（四）調柔歡喜，（五）踊躍歡喜，（六）堪受歡喜，（七）不壞他意歡喜，（八）不惱眾生歡喜，（九）不瞋恨歡喜。若依日本淨土教之主張，則「歡喜」特指由於佛陀之救度，或由於決定往生淨土，而生之由衷喜悅而言，故常用『信心歡喜』、『踊躍歡喜』來形容。又親鸞於『一念多念證文』簡別『歡』與『喜』之義，而謂「歡」是令身欣悅，「喜」是令心欣悅；歡喜，即預知決定往生，而於內心欣悅。故修淨土者，因預知死後得往生西方之欣悅，稱為歡喜；若因現世之信心堅固而得入於不退位之欣悅，稱為慶喜。又日本淨土行者於歡喜佛陀救濟之餘，遂產生舞蹈之風氣，如空也、一遍等人提倡之『踊躍念佛』即是。」

此句指「其人智慧無法開明，所知解的佛法又少，內心無法歡喜，意念無法得
到開解。然而此人長久漸修，也自然能知解佛法、智慧開明，心性清明，意念
猛健，內心便得歡喜。」

> （例 111）時勝華敷藏佛告虛空藏菩薩言。善男子。……汝今應往娑
> 婆世界。禮拜供養聽受正法。……。時虛空藏菩薩摩訶薩。
> 聞佛語已 歡喜 踊躍。與八十億菩薩。同時發聲而白佛言。
> 世尊。我今渴仰欲見彼佛今當承佛威神詣娑婆世界釋迦牟
> 尼佛所。禮覲供養聽受正法。亦為彼國諸惡眾生。說破惡
> 業障陀羅尼。（405‧648a）

此句解為「當時勝華敷藏佛告訴虛空藏菩薩說：『善男子，……你現在應前往
娑婆世界，禮拜供養諸佛聽聞正法……（省略部分為說法內容），當時虛空藏
菩薩聽到（勝華敷藏）佛的話便心生歡喜」。從上頭討論兩則用例可知，「歡
喜」是由於聽聞佛法、信受奉行、受佛陀教化救度、或決定往生淨土，而生
起由衷喜悅的情緒。

> （例 112）時天帝釋。作是念言。……我今當往試其善心。為虛為實。
> 即便化作一大鷲身。飛來詣王。啟白王言。我聞大王。好喜
> 布施。不逆眾生。我今故來。有所求索。唯願大王。遂我心
> 願。時王聞已。甚懷歡喜。即答鷲言。隨汝所求。終不悋惜。
> 鷲白王言。我亦不須金銀珍寶及諸財物。唯須王眼。以為美
> 饍。願王今者。見賜雙眼。時尸毘王。聞鷲語已。生大 歡喜 。
> 手執利刀。自剜雙眼。以施彼鷲。不憚苦痛。無有毛髮悔恨
> 之心。（200‧218b）

意謂「天帝釋化為鷲鳥向喜好布施的尸毘王索求雙眼，尸毘王聽了鷲鳥的話，
心懷『歡喜』，便以拿利刀自取雙眼，以施予鷲鳥，非但不恐懼痛苦，也沒有
任何悔恨之意。」這裡所說的「歡喜」並沒有聽聞佛法，筆者認為除了可解
釋為一般喜悅義之外，也有尸毘王「因瞭解布施捨得之法而心感歡喜」，因此
方能不恐懼苦痛及悔恨之意，屬「得法之喜」。且以《佛光大辭典》引親鸞於
《一念多念證文》解釋「歡」與「喜」之義，：「而謂「歡」是令身欣悅，「喜」
是令心欣悅，」用以解釋這段經文，可見尸毘王雖然對應鷲鳥取求、須以刀

取眼之境，身心都能夠安定歡喜。「歡」和「喜」同義語素聯合形成的複合詞
——「歡喜」，則包含身心兩個層面。由此可知，「歡喜」一詞，同時具有一
般「喜悅、快樂」的詞彙意義，更蘊含著佛教意義，這也是它被選擇為喜悅
語義場主要成員的原因吧！

「娛樂」一詞，由「娛」、「樂 1」同義複合，表示喜悅歡樂的情緒，但是
其情緒皆非不是發自內心的愉悅之情，而是藉由尋歡取樂的外在刺激、滿足各
種感官及心理上的要求，在現今漢語裡將通過各種類的活動使人心情愉快之屬
稱為「娛樂」。〔註15〕在中古佛經裡，「娛樂」是透過外在某種人事行為使人或
賓得到快樂。如：

（例 113）是時諸發意菩薩。天華天香天不飾華天澤香。皆舉持散菩
　　　　　薩上。天上千種諸伎樂持用供養 娛樂 菩薩。如是音樂聲皆
　　　　　說如是。（816・812c）

例 114.解釋為「當其時諸發意菩薩，以各種天華香澤舉持拋散、以各種伎樂
表演供養娛樂菩薩」，指「以拋散天華香澤、伎樂表演」的外在活動「使菩薩
愉悅歡樂」。

（例 114）譬如幻師持一鏡，現若干種像，若男、若女，若馬、若象，
　　　　　若廬舘、若浴池，於中示現若干種坐，氍氀、氈𣰆、綩綖、
　　　　　帳幔、香華、伎樂、種種食飲之具，以名伎樂 娛樂 眾人（221・
　　　　　0130a）

例 113.指「譬如善於幻術的法師拿著鏡子，展現各種形象器具音樂，來使眾人
愉悅」，這在當時佛教為常見形式，藉以吸引信眾對佛教產生信仰及興趣。

然而，讓對象得以「娛樂」的外在事物，不專指於佛法或佛教事物，亦可
指一般事物。如：

（例 115）男子便在前。女人隨後行。至園觀入中。共相 娛樂 。（023・
　　　　　280b）

〔註15〕王鳳陽（1993：835）：「說文」：「娛，樂也。」不過「娛」的樂不是發自內心的愉
　　　　悅之情，而是尋歡取樂所帶來的心理上的滿足，所以「娛」經常用於使動、意動
　　　　用法，表示使什麼快樂或從哪裡尋到這種快樂。《楚辭・九歌・東君》：「羌聲色兮
　　　　娛人，觀者憺兮忘歸」。

（例 116）開士大士得六神通而自 娱樂 ，從一佛界到一佛界，所至佛

土無有佛法及與聖眾，便爲歌頌分別解說佛、法、聖眾功

德之事。眾生應時聞佛、法、聖眾音聲，心懷欣豫，壽終

之後皆生有佛世尊現在國土。（222・156c）

例 115.所指的是「男子前行，女子隨行到園裡觀覽，相互娛樂。」使其歡喜快樂的是「男女彼此」以及「園裡觀覽」一事。例 116.是指「開士大士得到六種神通而自己感到愉悅快樂。」使其愉悅的是「得到六種神通」。所強調的是對象「當下的快樂情緒」，沒有「心靈安定」之意。

「安樂」由「安」與「樂1」組合而成，「安樂」的「喜悅義」裡強調含有「內心清淨安寧」之意，這是受到「安」字意義的影響。中土文獻裡對於「安」字的解釋，在辭書裡，如：《說文》：「靜也。」《爾雅・釋詁》：「定也。」《釋名・釋言語》：「安，晏也，晏晏然和喜，無動憂也。」在講求清靜解脫、了悟煩惱的佛法裡，「安」所指的是「無憂、清靜、安樂。」在佛教工具書裡，丁福保《佛學大詞典》「安樂」條：（術語）身安心樂也。文句八下曰：「身無危險故安，心無憂惱故樂。」若依照「安樂」義叢的解釋來看，「安樂」所指分別爲身心的安適。又丁福保《佛學大辭典》「極樂」條：「Sukha^vati，佛土名。阿彌陀佛之國土。又作安養，安樂，無量清淨土，無量光明土，無量壽佛土，蓮華藏世界，密嚴國，清泰國等。梵名須摩提。譯曰妙樂。諸事具足圓滿，惟有樂而無有苦也」。據「極樂」條與「安樂行品」條：「（書名）法華經品名。文殊菩薩問於五濁惡世安樂修行妙法之道。佛說身安樂行，口安樂行，意安樂行，誓願安樂行之四種安樂行。法華經四要品之一也。」所云，可知「安樂」之「安」宜解爲心理狀態的安寧，而不侷限於身安。

在中古佛經裡，「安樂」是受到聽聞佛法、感悟佛菩薩功德使然的情緒，而不是內在自發的。如：

（例 117）其母奉持五戒。梵行清淨。篤信仁愛。諸善成就。安樂無

畏。（001・004b））

解釋爲「他的母親奉持五戒，修梵言行清靜，篤信仁愛，成就各種美善，內心安定快樂毫無畏懼。」

（例 118）從今已往。制心修行。當如地水火風。得淨不喜。得諸不

淨屎尿膿血死蛇死人污露。不以愁憂。若得華香金銀七寶
五種彩色。不以喜悅。無增無減族姓子。制心修行。亦當
如是。嗟歎稱譽。安樂歡豫。不以爲悅。若遇誹謗眾苦惱
患不以愁憂。（496・760c）

解釋爲「修行之後，面對一切應當都視爲地水火風般空幻。……對於他人的嗟歎讚美，心裡安定快樂，不將它（嗟歎讚美）視爲歡喜快樂。」由此句例亦可區別「安樂」與「悅」雖然都有喜悅之意，然而，「安樂」強調的是「內心安定」且是「受佛法徹悟共鳴之喜」。

　　在詞義的觀察上，除了共時性討論，還需要從歷時的角度去看。筆者參考邵丹（2006：44）對情緒心理動詞常用詞的研究成果，採納其上古、中古漢語中土文獻、近代、現代漢語部分，觀察表「喜悅義」語義場裡常用詞的交遞演變。製表如下：

表 5.1-7 喜悅語義場常用詞（主要成員）歷時演變圖

時　代	常用詞（主要成員）						
上古漢語	喜1	樂1	悅／說1	歡	欣 懌 豫 快		
中古中土文獻	悅／說	喜1	樂1	歡	欣 娛 喜悅 悅喜 歡悅		
中古佛經	歡喜	樂1	喜1	安樂	悅／說	娛樂	喜樂 娛 快樂 欣
近代漢語	喜1	歡喜	樂1	歡	歡娛	喜歡	悅 快活 歡樂 喜悅 歡欣

現代漢語	高興	開心	樂1	喜1	歡喜	喜歡	愉快
							歡樂
							快活
							喜悅
							快樂

在歷時的比較考察裡，表「喜悅」語義場裡，從上古漢語有「喜1」、「樂1」、「悅」、「歡」，到了中古中土文獻裡，增加了「喜悅」、「悅喜」、「歡悅」、「歡悅」三個複合詞，到了中古佛經材料裡，「安樂」、「喜樂」、「娛樂」、「快樂」都進入語義場擔任主要成員，其中，「安樂」、「喜樂」應與佛經材料屬性有關，故出現頻率較高。到了近代，「歡娛」、「喜歡」也進入成為主要成員位，而在現代漢語裡，以「高興」、「開心」為最主要的常用詞。且在現代漢語裡，單音節詞「歡」、「悅」完全退出表「喜悅義」的語義場。

5.1.2 表「喜愛」義語義場之常用詞

根據前文 3.3 所討論的表「喜愛義」語義場的詞群成員來看，共計有 32 個。以下，從歷時角度切入，約略統計中古佛經喜愛語義場各詞群成員在各翻譯斷代的出現次數。製表如下：

表 5.1-8 中古佛經喜愛語義場各義位與義叢之出現次數統計表

詞群	義位與義叢	時代 古譯時代（A.D.178～375）	舊譯前期（A.D.376～501）	舊譯後期（A.D.502～617）
喜2	喜2	126	379	455
	喜好	5	2	1
	好喜	42	46	4
	喜愛	1	12	9
	愛喜	10	97	2
愛	愛	107	368	245
	愛念	19	288	69
	愛好	2	8	0
	愛慕	2	0	1
	愛重	16	76	30
	重愛	11	2	0
	愛戀	1	14	7

	愛親	0	2	1
	親愛	4	55	34
	敬愛	26	34	14
	愛敬	94	219	79
	憎愛	13	21	16
	愛憎	5	13	21
	愍愛	3	2	0
	愛愍	0	3	1
	歡愛	1	1	0
好	好	97	148	20
	好樂	61	84	5
嗜	嗜	13	40	6
	嗜好	0	2	0
	貪嗜	2	18	17
樂2	樂2	92	286	413
	愛樂	72	402	449

　　並依翻譯時代統計義位與義叢在不同時期的使用頻率。其中計有單音節詞6個，雙音節26個。在喜愛語義場裡，有部分成員為跨義場的，如：「愛敬」、「敬愛」亦有「尊敬」義，「愛愍」、「愍愛」有「哀憐」義，「憎愛」、「愛憎」有「厭惡」義，則依其詞義分別歸屬其隸屬的語義場，不在這裡討論。依上圖所統計出的喜愛詞義場詞群成員使用頻率比例，以圖表呈現如下：

表 5.1-9　古譯時代喜愛語義場詞頻

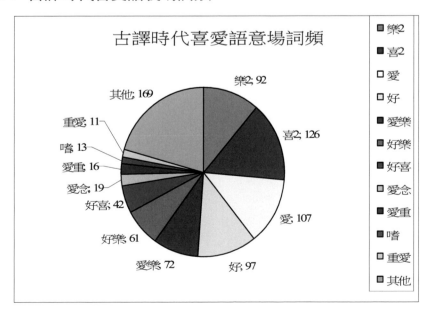

在表 5.1-9 裡，所佔面積越大代表在中古佛經喜悅語義場的出現頻率越高，依次類推。主要成員依序有：樂 2、喜 2、愛、好、愛樂、好樂。

古譯時代以「樂 2、喜 2、愛、好、愛樂、好樂」為常用詞（核心成員）。其中，「愛敬」一詞依其詞義隸屬「尊敬」語義場，即使出現詞頻高，暫不列入喜愛語義場討論，以下均同，不再贅述。

表 5.1-10 舊譯前期喜愛語義場詞頻

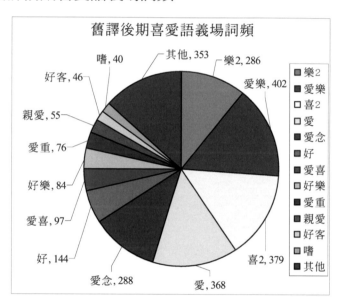

舊譯前期以「樂 2、愛樂、喜 2、愛、愛念、好」為常用詞（核心義位）。

表 5.1-11 舊譯後期喜愛語義場詞頻

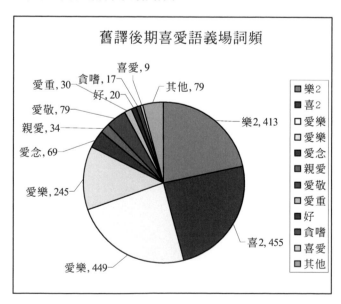

舊譯後期以「樂2、喜2、愛樂、愛、愛念」爲常用詞（核心成員）。又根據古譯時代、舊譯前期、舊譯後期三個時期分別歸納出的核心成員，如下表：

表 5.1-12　中古佛經喜愛語義場詞頻

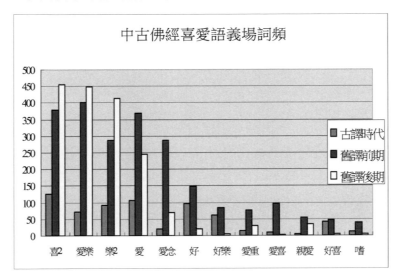

喜愛語義場在古譯時代、舊譯前期、舊譯後期的核心成員位略有不同，「愛念」在舊譯前期成爲語義場的核心成員之一，在舊譯後期亦然。其中，「樂2、喜2、愛、愛樂、愛念」在三個時期同爲語義場核心成員，然而，「好」爲上古漢語喜愛場的核心成員，在佛經裡出現頻率極高，筆者將三個時期出現頻率加總得出在中古佛經喜悅語義場核心成員依次爲：「喜2、愛樂、樂2、愛、愛念、好」等，並以此六個核心成員進行討論。將進行義素分析一併討論。

以下探討之際，先列辭書說解，再以佛經語料進行義素分析，並分別就其語法意義、概念意義、色彩意義三方面說解。首先引辭書及中土文獻的概括性解釋：

其次，先就表格呈現各義位與義叢的義素分析。

表 5.1-13　中古佛經喜愛語義場常用詞（核心成員）之義素分析

義 素	義位與義叢	樂2	喜2	愛	好	愛念	愛樂
語法意義	〔定語〕	＋	－	＋	－	＋	＋
	〔狀語〕	＋	＋	＋	＋	－	－
	〔謂語〕	＋	＋	＋	＋	＋	＋
	〔及物〕	＋	＋	＋	＋	＋,－	＋,－

〔後接名詞性賓語性質〕	〔有生〕	+	+	+	+	+	+
	〔無生〕	+	−	−	+	−	+
〔後接謂詞性賓語〕		+	+	−	+	−	−
〔搭配狀語〕		+	+	+	+	+	+
色彩意義	〔正面〕	+	+	+,−	+	+	+

以下分別進行說明：

就語法功能來看，喜愛語義場的核心成員均不單獨作主語。「樂」、「愛」、「愛念」、「愛樂」、可作定語。如：

（例1）愛者。三界愛欲眾生所以不得出。（1462‧714a）

（例2）過去世時有婆羅門。姓嵩渠氏。田作生活。索得一婦。端正妹好共相娛樂。便生一女亦復端正。為作名字。以嵩渠姓故。字為嵩渠。至年長大。諸種種姓婆羅門遣信來索。時女問母。此何客來。答言索汝。其女白母。我不欲嫁樂修梵行。母言不爾。男女之法要有嫁娶。女復白言。若父母見愛念者願莫嫁我。時父母愛女故。不能苦違。（1425‧265b）

（例3）三者不能遠離色欲愛樂之事捨棄牢獄憂煩之惱。（211‧608b）

〔註16〕

（例4）阿難白佛。唯願演之。樂者雖鮮。聞佛所說悉當欣踊。（266‧216a）

（例5）樂者便笑其所作。不樂者便瞋恚罵詈出房。（1428‧580b）

例1.用以解釋佛教名相「愛」，〔註17〕與喜悅語義場同為佛教名相、且為單音節詞的用法不同，不前加指稱詞，不單獨作主詞，僅作定語。例2.大意是指「嵩

〔註16〕 「三者不能遠離色欲愛樂之事捨棄牢獄憂煩之惱。」應斷為「三者。不能遠離色欲愛樂之事。捨棄牢獄憂煩之惱。」

〔註17〕 「愛」佛教名相，丁福保《佛學大辭典》「愛」字條：「（術語）……。悉曇十二韻之一。五十字門之一。文殊問經字母品曰：『稱愛（引）引字時，是威勝聲。』是似由有威儀路義之 Airypatha 轉釋者。貪物之意。染著之意。乃十二因緣之一。俱舍論九曰：『貪資具婬愛。』大乘義章五末曰：『貪染名愛。』唯識論述記十六曰：『耽染為愛。』楞嚴經四曰：『異見成憎，同想成愛。』圓覺經曰：『輪迴愛為根本。』可知在佛教思維裡，「愛」為貪著。

渠氏女告訴母親，如果父母見了喜愛的人，但願不要把我嫁給他。（因爲她不想嫁給樂修梵行者）〔註18〕」；例3.～5.意指「（不）喜愛的人」。

　　據筆者觀察，「樂」作賓語者所指的是表喜悅義的「樂 1」；因此，喜愛語義場裡，除了「樂2」之外，其餘亦作賓語功能，如：

　　（例6）如是佛弟子各各有所 好 。凡夫人亦各各有所 喜 。（1509・

　　　　　239b）

大意是「如此，佛弟子各有自己的愛好，凡夫俗子也各有自己喜好。」

　　（例7）爾時。世尊告諸比丘。汝等莫畏福報。所以然者。此是受樂

　　　　　之應。甚可愛敬。所以名爲福者。有此大報。汝等當畏無福。

　　　　　所以然者。此名苦之原本。愁憂苦惱不可稱記。無有 愛樂 。

　　　　　此名無福。（125・565b）

例6.～7.以表示存在的存現動詞「有／無」爲謂語，後頭分別接上所字短語「所好」、及心理動詞「愛樂」爲賓語。

　　（例8）若出家者。爲天人尊。成薩婆若。王及夫人後宮婇女。聞相

　　　　　師言。於此太子。深生 愛念 。亦爲天龍夜叉乾闥婆阿修羅迦

　　　　　樓羅緊那羅摩睺羅伽人非人等。供養恭敬。尊重讚歎。（189・

　　　　　621a）

　　（例9）以定除身羸。於寂滅樂而增喜樂。以慧分別四諦中道具足。

　　　　　於正覺樂深懷 愛樂 。如是遠離二邊得中道具足。（1648・

〔註18〕丁福保《佛學大辭典》「三修」條：「樂修，菩薩知諸法中自有涅槃寂滅之樂，而破聲聞人之苦執者。」；「梵行」條：「（術語）梵者清淨之義，斷婬欲之法爲梵行，即梵天之行法也。修梵行則生梵天。智度論曰：……同八曰：「有人行十善業道不斷婬，今更讚此行梵天行斷除婬欲，故言淨修梵行。」維摩經方便品曰：「示有妻子常修梵行。」註曰：「肇曰：梵行，清淨無欲行也。」法華嘉祥疏七曰：「有人言：通取一切戒爲梵行，別名斷婬爲梵行。故大品云：婬欲障生梵天，何況菩提。」涅槃名梵，證涅槃之萬行，云梵行。法華經序品曰：「具足清白梵行之相。」法華嘉祥疏三曰：「梵行之相者，梵名涅槃，即根本法輪大涅槃也。行即萬行，到大涅槃也。」大日經疏十七曰：「梵謂涅槃。（中略）梵行謂修梵行者名。（中略）具大涅槃名爲梵。」涅槃五行之一。梵者清淨之義，菩薩利他之行，能爲一切不善之對治，離過清淨，故名梵行。」故樂修梵行所指爲修行者。

400b）

（例 10）彼因受緣。起 愛 生 愛 而不自覺知。（001・093c）

（例 11）復次入觀門故。觀取陰即離捨 愛念 。如知怨家。取陰者是苦
諦。愛念即集諦。離捨即滅諦。知是道諦。依苦觀門。（1647・
379a）

句例 8.～11.以表示行為動作的行為動詞「生」、「懷」、「起」、「離捨」為謂語，
以喜愛語義場的核心成員為賓語。

在狀語功能方面，如「樂」：

（例 12）國中庶民見其家內財寶饒多各各慕及。 樂 為營從。（202・
370c）〔註19〕

大意是指「國內百姓見他（即「王」）家中財寶眾多，因而仰慕跟隨，喜愛做他
的隊伍隨從。「為營從」為動詞詞組，「樂 2」用以修飾其狀態，表示施事者的
意願。

從喜悅語義場引申而出的喜愛義「喜 2」、「樂 2」，其主要句法格式是後接
賓語，「好」在中古佛經裡，取其愛好之義。王鳳陽（1997：847）：「好（去聲）
嚴格說示好（上聲）的意動用法，是認為某種事物好，思想感性上對某種事物
感興趣的意思。賓語多表示某種行為或品質。」因此，這些心理動詞在中古佛
經裡，最常擔任的即是述謂功能，後接賓語。然而，「愛樂」、「愛念」有不接賓
語的用例。如：

（例 13）善男子。於六時中孟冬枯悴眾不 愛樂 。春陽和液人所貪愛。
為破眾生世間樂故。演說常樂我淨亦爾。（374・545a）

（例 14）阿難受教。營理飲食。供養訖竟。佛為說法。心開意解。得
須陀洹果。歸白父母。求索入道。父母 愛念 。不能違逆。將
詣佛所。求索出家。（200・245b）

〔註19〕「營從」在中古佛經共出現 79 例，均作名詞，如：「時彼國中。五百 營從 。將五
百人。大臣群僚。亦作沙門。（154・098c）」；「於是大神妙天王與八十億淨居天人。
營從 圍遶行詣佛所。稽首足下叉手自歸。前白佛言。（274・375a）」依上下文判定，
應指「隊伍隨從之屬」。

（例15）五者生大豪貴家。六者所生處好布施。七者爲四部眾所愛念。八者無所畏入眾會亦無礙。十方皆聞其名聲。（640·620a）

喜愛語義場成員的主要語法特點即是動詞大都接賓語，然而，所後接賓語性質不同，亦反映出這些心理動詞間的差異。

（例16）母即到諸美人妓女所教令悉沐浴。莊嚴著珠環飾服。如賴吒和羅在時所喜被服來出。（068·871b）

（例17）比丘多不復信深經。多喜淺事。經法於是稍稍未盡。（169·411b）

（例18）昔佛在舍衛國爲天人說法時城中有婆羅門長者。財富無數爲人慳貪不好布施。食常閉門不喜人客。若其食時輒勅門士堅閉門戶。勿令有人妄入門裏。乞丐求索沙門梵志不能得與其相見。（211·602a）

（例19）不喜離別心。不樂離別心。不樂說離別語。（1522·146c）

（例20）所有者舊能喜世間一切治生諧偶。雖獲俗利不以喜悦。遊諸四衢普持法律。入于王藏諸講法眾。輒身往視不樂小道。（474·521a）

（例21）若不樂天下。而棄家爲道者。當爲自然佛。度脱萬姓。傷我年已晚暮。當就後世。不觀佛興。不聞其經。故自悲耳。（185·474a）

「喜2」後接賓語，其性質可爲無生名詞，如句例16.、17.、19.的「被服」、「淺事」、「離別心」；亦可接有生名詞賓語，如句例18.後接「人客」。而「樂2」後頭僅能接無生賓語，如句例59.接無生賓語「離別心」，句例20.～21.「樂」後接無生賓語「小道」、「天下」。

（例22）時母思惟。阿那律母甚愛其子。彼終不聽令出家。若彼聽出家者我亦當放子出家。念已即語跋提言。（1428·591a）

（例23）世有災異。水旱不調。五穀不豐。人民飢饉。不安本土。志欲叛亡。王及臣民。富有倉穀。當惟無常。身命難保。勿愛

寶穀。知愛人命。當起悲心。出穀廩假。賙諸窮乏。以濟其
命。安居本土。（493・757a）

「愛」後接賓語，其性質可爲有生名詞，如句例 22.的「其子」，亦可接無生名詞賓語，如句例 23.後接「寶穀」。

（例 24）吾 愛念 汝。猶如國王幸其太子。（263・080c）

（例 25）是須賴。族姓子族姓女。見如來色像成就。便發無上正眞道
意。至心發意不違如來意。愛念眾生欲永度脫故。欲使奉法
故。欲使三寶不斷故。以是四法故。（329・060c）

「愛念」僅接有生名詞，如例 24.「汝」、句例 25.「眾生」，其對象均爲人。

（例 26）佛告諸比丘。天下無常堅固人。愛樂生死。不求度世道者。
皆爲癡。父母皆當別離。有憂哭之念。人轉相恩愛貪慕悲哀。
（005・165b）

（例 27）其心清淨無有塵垢 愛樂 佛法。所以然者。解無異法能出上者。
至心在道用慈仁故。（403・590a）

（例 28）時大將征還迎婦歸家。其婦樂著比丘尼身細軟便逃走還至彼
尼所。此大將作是念。我欲作好而更得惡。云何我婦今不 愛
樂 我。染著比丘尼逃走還趣彼所（1428・744b）

「愛樂」與「愛念」則不同，其後頭可接無生名詞，且在中古佛經裡，多與「生死涅槃」、「佛法」、「經典」相關，如句例 26.～27.，亦有接有生名詞者，如句例 28.，「我」爲動詞「愛樂」的賓語。

此外，中古佛經喜愛語義場核心成員有帶謂詞性賓語的用法。[註20] 其中，

〔註20〕根據筆者觀察大陸學者在討論心理動詞時，雖然提到心理動詞擔任各種語法功
能，受到篇幅影響，多不見舉例，以述謂功能爲討論主軸。在討論時，以心理動
詞爲出發點，將心理動詞判定爲主要動詞，歸納其「後接成分」。如：陳克炯（2000）
歸納先秦負面心理動詞出現數及所帶賓語的結構形式，將其後接成分（賓語）分
爲「體詞」、「謂詞」、「主謂詞組」、「介賓」、「複句」五類。其中「謂詞性賓語」
即爲「心理動詞＋動詞（詞組）」結構，如「不恥下問」，此一句例是「恥」爲主
要動詞。然而，純粹以心理動詞爲出發點，討論其後接成分不免造成研究上的盲
點，故本文乃從各成分在句子的語法功能切入，而不單僅以後加成分來觀察心理
動詞的細類。

「愛」不作狀語修飾動詞，通常是兩個動詞的並列連用，如「愛重」、「愛欲」，甚至進而發展成詞素關係緊密的詞，如：「愛樂」、「愛念」，這兩組詞在漢魏六朝佛經裡，後頭若接賓語，均爲名詞，不接謂詞性賓語。如：

（例29）彼人若從畜生終來生人中者。當有是相。智者應知。闇鈍少智懈怠多食。樂食泥土。其性怯弱。言語不辯。樂與癡人而爲知友。憙黑闇處。愛樂濁水。喜嚙草木。喜以腳指剜掘於地。喜樂動頭驅遣蠅虻。（310‧411b）

大意是指「從畜生投生人道的人，當有畜生相。……喜愛啃嚙草木，喜愛用腳指挖掘土地。」句子裡「嚙草木」跟「剜掘於地」是謂語結構作賓語，「喜2」乃用以表示愛好、興趣的動詞。

（例30）如是曹輩。能護後法。常喜獨處。樂於清淨（632‧463c）

大意是指「此輩之人，常喜愛自己獨處」。「獨處」是謂語性賓語，「喜2」表其態度。

（例31）時彼城中有一長者。財寶無量。不可稱計。唯有一子。名曰難陀。甚爲嬾惰。常喜睡眠。不肯行坐。（200‧204a）

大意是指「城中長者之子——難陀，極其怠惰，常喜歡睡覺，不肯行坐。」

（例32）爾時國王好食鸚鵡。獵士競索覩鸚鵡群。以網收之。盡獲其眾。貢于太官。宰夫收焉。肥即烹之爲肴。（152‧017c）

大意是指「當時國王喜歡吃鸚鵡」，「食」爲動詞，「鸚鵡」爲賓語，二者構成動賓結構的謂語式賓語，「好」用以表示愛好、興趣。

（例33）不好惠施。命終生此。唯願大王慈哀憐愍。爲我設供。請佛及僧。使我脫此弊惡之身。（200‧214c）

「惠施」爲一謂詞賓語，「好」爲主要動詞，指「不喜好施加恩惠」。在與否定副詞搭配方面，喜愛語義場的核心成員僅與「不」搭配，且頻率極高，如：

（例34）若比丘瞋他比丘不喜僧房。舍內若自牽出。（1430‧1026b）

（例35）不喜離別心。不樂離別心。不樂說離別語。（1522‧146c）

（例36）所有耆舊能喜世間一切治生諧偶。雖獲俗利不以喜悅。遊諸四衢普持法律。入于王藏諸講法眾。輒身往視不樂小道。

‧233‧

（474‧521a）

（例37）國王帝主。世俗愚人。但知晝夜過疾不覺命盡。常欲瞋怒強
很。自用婬憍貪富。今爲所在。不 好 經道惡聞自侵。走心恣
意放逸無禁。（736‧538a）

（例38）若有菩薩聞此經典恐怖畏懅而不 愛樂 。則當知之。新學乘
者。若不恐怖。則是久修菩薩之行。（263‧101c）

（例39）若不適其意。尊主不悅。不悅故不蒙爵賞。亦不 愛念 。愚癡
比丘亦復如是。（099‧172c）

其次，觀察其作述謂功能與情狀副詞的搭配。情狀副詞與「喜」、「樂」搭配，
均作「喜悅」義，故喜愛語義場的「喜2」、「樂2」、「好」不受「相」修飾。

（例40）時人相見亦復如是。因相 愛念 男女共居。是前劫人壽命十歲。
後劫人民從其而生。（1644‧216b）

（例41）一切天眾。即向天主牟修樓陀戲樂之處。彼林一切功德具足。
彼欲行天。共諸天女種種莊嚴種種衣服一切功德。皆悉具
足。普身所著。無縷天衣。以自莊嚴。其手皆執種種樂器。
迭相 愛念 。生歡喜心。（721‧249b）

（例42）共諸天女。遊於山頂。種種飲食。須陀之味。種種鳥音。於
園林中。受無量樂。互相 愛樂 。一心共遊。一心係念。（721‧
205a）

（例43）（天眾）共諸天女。歌舞遊戲。彼此迭互不相妨礙。共相 愛
念 。（721‧299c）

「愛」、「愛樂」、「愛念」則受「相」修飾，並以「愛念」用例最多，此外，情
狀副詞有「共相」、「互相」，這也是受到雙音節化的影響。

在概念意義方面，「喜2」、「愛」、「樂2」、「好」都有喜愛的意思。在上
古時，「愛」本指人與人之間的感情，賓語主要是人跟表示人的名詞。「喜2」、
「樂2」是從喜悅義引申而來，其途徑即從不帶賓語轉爲帶賓語，因此，筆者
嘗試從喜悅語義場的概念意義切入討論。〔註21〕

〔註21〕由於喜愛詞義場主要義位的概念意義，已有含混不清的情形。且在進行意義分析

表 5.1-14　「喜 2」、「樂 2」、「好」概念意義分析

義　素 ＼ 義 位		喜 2	樂 2	好
概念意義	〔喜愛〕	＋	＋	＋
	〔興趣〕	－	－	＋
	〔內在自發〕	＋	－	＋
	〔情緒強度較強〕	－	＋	－

「喜 2」既是受到「喜 1」引申，在意義上較強調「內在自發的情緒」。如：

（例 44）如是曹輩。能護後法。常 喜 獨處。樂於清淨（632・463c）

大意是指「此輩之人，常喜愛自己獨處」。

（例 45）時彼城中有一長者。財寶無量。不可稱計。唯有一子。名曰
難陀。甚為窳惰。常 喜 睡眠。不肯行坐。（200・204a）

「樂 2」既是受到「樂 1」引申，在意義上其喜愛程度較「喜 2」強，且喜愛之
義是受到外在環境影響使然。如：

（例 46）所有者舊能喜世間一切治生諧偶。雖獲俗利不以喜悅。遊諸
四衢普持法律。入于王藏諸講法眾。輒身往視不 樂 小道。
（474・521a）

（例 47）若不 樂 天下。而棄家為道者。當為自然佛。度脫萬姓。傷我
年已晚暮。當就後世。不覩佛興。不聞其經。故自悲耳。（185・
474a）

「好」是認為某種事物好，思想情感對於那件事物產生興趣的意思。所表
現的是內在的愛好。如：

（例 48）爾時國王 好 食鸚鵡。獵士競索覩鸚鵡群。以網收之。盡獲其
眾。貢于太官。宰夫收焉。肥即烹之為肴。（152・017c）

大意是指「當時國王喜歡吃鸚鵡」，「好」用以表示內在的情緒，指「愛好、興
趣」，所感興趣的事情是「吃鸚鵡」。

（例 49）不 好 惠施。命終生此。唯願大王慈哀憐愍。為我設供。請佛

時，無法整個語義場一起對比，故分開敘述，盡可能製表比較。

及僧。使我脫此弊惡之身。（200・214c）

「好」為主要動詞，意指對於「施加恩惠」這件事情「不感興趣、不喜好」。

表 5.1-15 「愛」、「愛念」、「愛樂」概念意義分析

義素	義位與義叢	愛	愛樂	愛念
概念意義	〔喜愛〕	＋	＋	＋
	〔眷戀、依依不捨〕	＋，－	＋，－	－
	〔憐愛〕	＋，－	＋，－	－
	〔施事關係為「上對下」〕	＋，－	＋，－	－

「愛」的喜愛情感表現得很廣泛，可以適用於一切人，也可以因人而異，在辭書字典裡有「親也」、「恩也」、「惠也」、「憐也」、「寵也」、「好也」、「樂也」、「吝惜也」、「慕也」等解釋。〔註22〕在中古佛經裡，「愛」代表著一般喜愛義。如：

（例50）彼因受緣。起 愛 生 愛 而不自覺知。（001・093c）

亦可有「眷戀、依依不捨」之義。

（例51）慈愍眾生。如母 愛 子。（200・203a）

意思是「菩薩悲憫慈愛眾生，如同母親愛自己的小孩。」因此，這裡的愛，有愛護、憐憫之義，其施事者亦可是上對下的關係。

然而，「愛念」與「愛樂」為新加入的核心成員，在語法意義的表現上，不同於「喜2」、「愛」、「樂2」、「好」，在概念意義上，也因為語素的複合而使其意義豐富。

「愛樂」一詞，由「愛」與「樂 2」複合而成，為「喜愛」義，且情緒強度較強。如：

（例52）若有菩薩聞此經典恐怖畏懅而不 愛樂 。則當知之。新學乘
　　　　者。若不恐怖。則是久修菩薩之行。（263・101c）

〔註22〕詳參王鳳陽（1993：827）：「……這是親子之愛，是慈愛、疼愛；……這是上愛下，可譯為愛護；……這是夫妻之愛，是戀愛，恩愛；……這是強者對弱者的愛，是憐惜予同情。愛也可以用於人與物之間，用於人和物之間的愛除了表示喜愛之外，還表示愛護、貪圖、捨不得等感情。」

（例 53）共諸天女。遊於山頂。種種飲食。須陀之味。種種鳥音。於
　　　　園林中。受無量樂。互相愛樂。一心共遊。一心係念。（721·
　　　　205a）

（例 54）時大將征還迎婦歸家。其婦樂著比丘尼身細軟便逃走還至彼
　　　　尼所。此大將作是念。我欲作好而更得惡。云何我婦今不愛
　　　　樂我。染著比丘尼逃走還趣彼所（1428·744b）

然而，其受事對象不限，可以是事物，也可以有生命的。

　　特別一提，也是此語義場裡在概念意義明顯有所區分的「愛念」。「愛念」
一詞，在上古及中古中土文獻及之後的文獻裡，都不是核心成員。

（例 55）若出家者。爲天人尊。成薩婆若。王及夫人後宮婇女。聞相
　　　　師言。於此太子。深生愛念。亦爲天龍夜叉乾闥婆阿修羅迦
　　　　樓羅緊那羅摩睺羅伽人非人等。供養恭敬。尊重讚歎。（189·
　　　　621a）

大意是「王及夫人後宮婇女聽到相師的話，對太子深深感到愛念。」這裡的「愛
念」有喜愛義，另有眷戀、思念之意。

（例 56）時兒父母。聞是語已。愛念子故。不能違逆。尋將佛所。求
　　　　索出家。200·234c）

（例 57）父母報言。我等唯有汝一子。心甚愛念。乃至不欲令死別。
　　　　而況當生別。（1428·679b）

例 56.大意是「當時孩兒的父母聽完這番話，愛念自己的小孩」；例 57.指「父
母回說：『我們只有你一個小孩，非常的愛念你，以致於不想死別，更何況是
生離？』」這兩句裡的「愛念」除了有喜愛、依依不捨之意，亦有愛憐疼惜、
且施事動作是上對下。

　　在色彩意義部分，喜愛語義場核心成員均爲正面義，與現代漢語相同，「愛」
詞群則受上下文影響，時有佛教染著義。

　　在詞義的觀察上，除了共時性的討論，還需要從歷時的角度去看。

　　「樂 2」、「喜 2」、「好」帶謂詞性賓語及無生名詞賓語，「愛」與「愛樂」
只帶名詞性賓語，其性質可以是有生名詞賓語，也可以是無生名詞賓語。而在
中古佛經才成爲喜愛語義場核心成員的「愛念」，除了只能帶有生名詞賓語之

外，特別是只帶表示人的名詞賓語。

在概念意義方面，「喜2」、「愛」、「樂2」、「好」都有喜愛的意思。在上古時，「愛」本指人與人之間的感情，賓語主要是人跟表示人的名詞。「喜2」、「樂2」是從喜悅義引申而來，其途徑即從不帶賓語轉為帶賓語，「喜2」既是受到「喜1」引申，在意義上較強調「內在自發的情緒」。「樂2」既是受到「樂1」引申，在意義上其喜愛程度較「喜2」強，且喜愛之義是受到外在環境影響使然。「好」是認為某種事物好，思想情感對於那件事物產生興趣的意思。所表現的是內在的愛好。

然而，這些詞在詞義上已有含混不清的情況，即使在句例閱讀上，仍有模稜難辨之處。然而，在佛經材料裡，筆者認為語法意義即能彰顯其間義素的差異。

筆者參考邵丹（2006：44）對情緒心理動詞常用詞的研究成果，採納其上古、中古漢語中土文獻、近代、現代漢語部分，觀察表「喜愛義」語義場裡常用詞的交遞演變。製表如下：

表 5.1-16 喜愛語義場常用詞（核心成員）歷時演變圖

時　　代	常用詞（核心成員）							
上古漢語	好	愛	悅／說2	樂2	喜2	嗜	慈	
							親	
							善	
中古中土文獻	好	愛	悅／說2	喜2	嗜	樂2	愛好	
							愛念	
							愛樂	
中古佛經	喜2	愛樂	樂2	愛	愛念	好	好樂	
							愛重	
							愛喜	
							親愛	
							好喜	
							嗜	
近代漢語	愛			好			喜歡	
							喜	
							嗜	
							憐	
							樂	

			好
			喜
現代漢語	愛	喜歡	樂
			喜愛
			喜好

　　從歷時角度進行考察，表「喜愛」語義場裡，從上古漢語有「好」、「愛」、「悅／說」、「樂 2」、「喜 2」、「嗜」，到了中古中土文獻裡，雖然出現一些複音詞，如「愛好」、「愛念」、「愛樂」但是都不是語義場的核心成員；中古佛經喜愛語義場的核心成員與上古已有所不同，「愛樂」、「愛念」都進入語義場擔任核心成員，「嗜」、「悅」都已退出語義場核心成員身份，；在近代漢語表「喜愛義」語義場裡，以「愛」、「好」為常用詞，「樂 2」、「喜 2」、「嗜」都不是常用詞；在現代漢語裡，又以「喜歡」來表示「喜愛」義，而「好」也退出喜愛語義場的常用詞之屬。

小　結

　　本節嘗試以觀察表「喜悅」、「喜愛」義語義場的常用詞為切入點，除區別語義場常用詞間語法意義、概念意義及色彩意義之異同之外，並從歷時角度觀察其語義場常用詞的替換及變化。

表 5.1-17 表「喜悅」及「喜愛」語義場常用詞歷時演變圖

語　義	上古漢語	中古中土文獻	中古佛經	近代漢語	現代漢語
〔喜悅歡樂〕	喜、樂、悅／說、歡	喜、樂、悅／說、歡、安樂、娛樂	喜、歡喜、樂、歡、歡娛、喜歡	高興、開心、樂、喜、歡喜、喜歡
〔喜愛〕	好、愛、悅／說、樂、喜、嗜	喜、樂、愛、好、愛樂、愛念	愛、好	愛、喜歡

　　從上文討論及表 5.1-16 來看，筆者發現「喜」、「樂」、「悅」、「歡喜」同時出現在表「喜悅」義及「喜愛」義的語義場。觀察中古佛經語料發現，表「喜悅」語義場的常用詞大多可以引申表「喜愛」義，進入「喜愛」語義場，如「喜」、「樂」、「悅」、「歡喜」在歷時演變過程裡，都循此一引申途徑發展。

　　筆者嘗試探究其來源用法，發現：其意義引申的途徑是從句法格式改變使

然，也就是由不帶賓語進而轉爲帶賓語的用法。在「漢籍電子文獻資料庫」裡，中土文獻的句例裡，有表示「喜悅歡樂」義的用法，如：〔註23〕

既見君子，云胡不[喜]？（《詩・鄭風・風雨》）

有朋自遠方來，不亦[樂]乎？（《論語・學而》）

亦既見止，亦既覯止，我心則[說]。（《詩・召南・草蟲》

長平之事，秦軍大克，趙軍大破，秦人[歡喜]，趙人畏懼（《論衡・本性》）

當這些詞的後頭加上賓語，就從「喜悅」意義引申出「喜愛」意義了。如：

田叔者，趙陘城人也。其先，齊田氏苗裔也。叔喜劍，學黃老術于樂巨公所。叔爲人刻廉自[喜]，[喜]游諸公。（《史記・田叔列傳》）

未若貧而[樂]道、富而好禮者也。（《論語・學而》）

非不[說]子之道，力不足也。（《論語・雍也》）

他眞個不[喜歡]我了，更待干罷！只得到俺哥哥那裡告他去。（《關漢卿雜劇・杜蕊娘智賞金線池第三折》）

從《史記》「喜」用例得知，「喜」開始帶賓語，由「喜悅」引申「喜愛」義，且「歡」進入喜悅語義場的核心成員；中古中土文獻裡，仍保有以「喜」獨用且未有與其他詞素複合構詞的雙音節詞進入語義場的核心成員。〔註24〕然而，在中古佛經裡，「喜1」有別於在中古中土文獻的用法，以「歡喜」爲核心成員，並有「喜悅」、「喜樂」、「喜歡」、「樂喜」、「悅喜」等複合詞表示「喜悅歡樂」義。以「喜」獨用的用例減少，且多是爲雙音化與副詞搭配組合，如「甚喜／大喜／不喜」等。

總的來說，從中古佛經來看，表「喜愛」義的義叢在發展上是從「喜悅」義的義叢而來的，這是由於意義引申使然，在句法格式方面，則由不及物轉爲

〔註23〕由於本文著重於共時性的描寫，企圖全面地考察中古佛經情緒心理動詞的語言現象。故在歷時性的比較方面，句例以檢索中央研究院「漢籍電子文獻資料庫」爲主，並參考邵丹（2006）對於情緒心理動詞歷時性考察的意見，以進行問題討論。

〔註24〕據邵丹（2006：49-53）討論上古與中古中土文獻裡，以「喜」構詞的表「喜悅」義僅有「喜」一詞，未見其他用例。

及物後接賓語。也因此，「喜悅」、「喜愛」語義場在上古漢語時，之間有詞義區別，句法格式也是互補關係。

5.2 中古佛經情緒心理動詞反映之雙音化現象及歷時性考察

考察任一詞彙系統，其所涵蓋的問題必然廣泛。本文以中古佛經情緒心理動詞為題，以語義場為切入角度，探討其詞彙系統。如前文所言，語義場研究可從詞彙場與句法場角度進行，在第三章與第四章部分已多所著墨，首先以詞義的正負面類分兩大義場，其次依據其構詞方式（以構詞詞素為條件）類分次詞群，觀察同一詞群在語法特徵、概念意義及色彩意義的異同。

然而，在分析過程裡，筆者發現「雙音化」與「並列結構同素異序」的問題是值得進一步討論的，首先將討論這兩個問題。其次，筆者將參考前賢關於漢語情緒心理動詞的研究成果，進行歷時性的比較，探討其演變及相關問題。

本節擬從共時性角度與歷時性角度分別進行，以明中古佛經於漢語詞彙發展的定位。

5.2.1 中古佛經情緒心理動詞雙音化問題

中古佛經詞彙具有重要的研究價值，更有多樣的研究面向。從宏觀的角度切入，在九〇年代有朱慶之《佛典與中古漢語詞彙研究》（1992）、俞理明《佛經文獻語言》（1993）、梁曉虹《佛教詞語的構造與漢語詞彙的發展》（1994）、顏洽茂《佛教語言闡釋──中古佛教詞彙研究》（1997）。這幾本著作系統性地考釋中古佛經的新詞新義、討論佛經詞彙對漢語詞彙雙音化的影響、揭示中古時期的代詞面貌，分別從共時性的平面討論中古佛經材料，並力圖從詞彙史的角度探討佛經對於漢語詞彙產生的重大影響，清晰了中古佛經在漢語詞彙史的地位。

在如此龐大且重要的語言材料裡，透露著多樣的詞彙訊息，得以討論佛經與漢語詞彙的密切關係。

其中，「雙音化」與「並列結構同素異序」問題多為學者關注的焦點，因此，筆者也嘗試以中古佛經心理動詞為範圍進行討論。

現代漢語裡，雙音詞爲詞彙系統的主體，漢語詞彙發展是從單音節爲主的系統發展至以雙音節爲主的系統，關於它所發生的時間，程湘清（1992）認爲在先秦兩周開始，戰國以後則加快其雙音化的速度；並以《論衡》爲材料，發現東漢時期的雙音化即有明顯的展現；劉承慧（2003）認爲春秋戰國以後的複合實詞數量增加，南北朝時雙音詞的比例提高。可知在上古時期的漢語詞彙系統以單音節爲主，西周早期開始出現複音化結構，春秋戰國時期的複音詞數量大增，此爲複音化的開始時期；東漢以降，雙音化迅速，直至唐代，便確立以雙音詞爲主的詞彙系統，現代漢語裡，雙音詞則完全取代單音詞。

關於佛經材料與雙音詞的密切關係，竺家寧（2004）有清楚論述：

> 例如漢語雙音化的發展，即與佛經有密切關係，據統計，後秦鳩摩羅什《法華經·序品》共九百多字，其中雙音詞出現 170 多次，而南朝宋劉義慶《世說新語·政事篇》共一千四百多字，雙音詞只六十多次。又如現代漢語中幾個最常用的時間詞並非漢語本有，而是來自佛經，像「過去、現在、未來、刹那、一念、一瞬、彈指、須臾」等。又如中西融和的詞彙大量出現：「禪那」是音譯詞，簡化爲「禪」，又結構爲「禪師、禪門、禪杖、禪室」等。「魔羅」是音譯詞，簡化爲「魔」，又結構爲「魔鬼、魔法、魔術、魔王、魔掌」等。又如佛經中有不少特殊的虛字現象：「於」用在及物動詞與受事賓語之間，如「遇見於佛、轉於法輪」等。又第二人稱代詞用「仁、仁者」等也是佛經的詞彙特色。又如舊有詞彙被賦予了新的意義，像「境界、解脫、蓮花、供養、布施、長老」等。此外，佛經新創了許多複數稱代詞：「諸余、眾諸、諸會、等倫」等。這都流行於當時。在造詞形式方面，佛經又大量運用譬喻造詞，像「法水、心田、智慧劍、生死雲、根機、身火」等，對漢語詞彙的影響極大。

由此可知，雙音化是中古漢語詞彙發展的重要現象，一方面產生新詞，新的概念由雙音節表示，另一方面對舊詞的承繼，單音節表示舊有概念的詞也產生雙音結構。在中古佛經情緒心理動詞裡，約略統計單音節者有 85 個，雙音節 134 個，三音節 6 個，其中以雙音節佔多數。由於前兩章「詞群」的劃分，即以構詞語素複合構詞，不再多所著墨，此處僅以負面表「怨恨」義

語義場裡、以「怨」構詞的詞群成員討論。

在上古漢語與中古中土文獻裡，「怨」均爲義場之核心成員，是表示怨恨義常用詞。**怨**　《說文・心部》：「怨，恚也。从心，夗聲。」《玉篇・心部》：「怨，恨望也。」「望」在古代與「怨」意義接近並常連用，如：《史記・商君列傳》：「商君相秦十年，宗室貴戚多怨望者。」《荀子・堯問》：「處官久者士妒之，祿厚者民怨之，位尊者君恨之。」《左傳・襄公 23 年》：「中行氏以伐秦之役怨欒氏，而固與范氏和親。」《史記・秦本紀》：「繆公之怨此三人入於骨髓，願令此三人歸，令我君得自快烹之。」《史記・魏其武安侯列傳》：「武安由此大怨灌夫、魏其。」「怨」的程度較深，常表示深刻的仇恨。然而，在中古佛經裡，「怨」單獨作動詞表示怨恨用例少，如：

（例 1）其時人民。或中毒死者。或但得病者。有相塗污者。皆由世人所作。不仁殘殺物命。展轉相怨。手自殺者。中毒即死。助其喜者。皆更困病。或相塗污不相塗污者。皆由食肉。（493・757b）

然而，它卻成爲活潑的構詞語素，複合構成「怨仇」、「仇怨」、「怨恨」、「怨恚」、「慊怨」。如：

（例 2）乃往過去世。有伽奢國王梵施拘薩羅王長生。父祖怨仇。梵施王兵眾威力勇健財寶復多。長生王兵眾威力不如財寶復少（1428・880b）

（例 3）時此比丘即往至諸婦女家。具傳此事。其中婦女或有從意者。或不從者。其不從者展轉語諸親里。諸長者聞是語。各各怨恨（1464・865a）

（例 4）行此四事其心正等。眼所受見醜好諸色。其耳所聞歡音罵聲。香薰臭穢美味苦辛。細滑醜惡。可意之願。違心之惱。好不欣豫。惡不怨恚。守斯六行。以致無上正眞之道。（152・050a）

（例 5）夫殺者害眾生之命。害眾生之命者。逆惡之元首。其禍無際。魂靈轉化。更相慊怨。刃毒相殘世世無休。死入太山。燒煑脯割。諸毒備畢。出或作畜生。死輒更刃。（152・045b）

「仇」、「怨」、「恨」、「恚」、「慊」都有「怨恨」義，即以同義複合。除了這些出現頻率高的詞之外，部分雙音節結構只出現在某一翻譯斷代、某一經師裡的譯經，或只出現在某一部經。如：

（例 6）王聞心喜悅若無身。奉迎稽首。請歸正殿。皇后太子靡不 肅
虔 。最味法服供足所乏。五體投地稽首叩頭。涕泣而曰。
（152・002a）

（例 7）小弟 仁惻 。哀而不食。中兄復殺。弟殊哽噎。兩兄欲殺弟
妻。（152・018b）

（例 8）聞者悚懼不敢為非。（345・165c）

（例 9）彼時梵志作異技術。多所娛樂。令王欣愕。王大歡喜。多所
賜遺。恣其所欲。（154・101a）

「肅虔」、「仁惻」、「悚懼」、「欣愕」只出現於古譯時代佛經，未出現於舊譯前期與舊譯後期的佛經。「恭肅、悚慄、慈惻、愴愴、惻愴、愁惋、嘆惋、煩怨、痛恨、喜怡」僅見於舊譯時代前期譯經；「恚悔、慈惻、慟怖、仇憾、愴愴、悲愴、慊怨」等詞僅見於 152 號《六度集經》，這可為經師的語言風格。驚怛除 152 號《六度集經》，另見於 186《佛說普曜經》；「悲楚」僅見於《六度集經》及 193《佛本行經》偈頌；「仇憎」僅有竺法護各一孤例，且於《漢語大詞典》失收；「悅欣」雖為「欣悅」同素異序，只出現在竺法護《佛說弘道廣顯三昧經》一例，筆者認為這應與竺法護個人佛經翻譯語言相關，應為翻譯語言不穩定之際產生的新詞。竺家寧（2004）指出「當時的複音節詞，兩字的意義往往是一體的，今天我們分開來看，兩個詞素都是常用字，意義都瞭解，但是將其複合在一起，又感到很陌生，這種陌生感，是因為它是中古新生詞。」即符合劉承慧（2003：135）說法，認為複合化是由並列複合所開始，其次是雙音與定名，乃至於與其他結構的結合。

每一語言的詞在其語音形式均具有由「韻律」決定的特定規則。馮勝利（1997）認為漢語從音節的穩定性來看，雙音節自成音步，其結合最為穩固，有時候三音節可以構成一個「超音步」，但是超音步不是漢語的基本音步，而是一種再生的產物。

除了雙音節結構外，亦有多音節結構。如：

（例 10）生者不自覺。爲意識所使。墮于四顛倒。甚可 憨哀憐 （638‧
545a）

（例 11）愚以貪自縛。不求度彼岸。貪爲財愛故。害人亦自害。愛欲
意爲田。婬怒癡爲種。故施度世者。得福無有量。伴少而貨
多。商人 怵惕懼 。嗜欲賊害命。故慧不貪欲（0211‧603a）

（例 12）唯然世尊。人種雖多今吾孤獨。不有徒使無扶接余。假令行
道忽極躄地。不能自起。願見安撫得 歡喜悅 。（266‧217a）

（例 13）諸魔聞之。益懷 恐懼畏 於文殊。諸魔宮殿尋時震動。諸魔波
旬。報化菩薩願見救濟。（342‧141a）

（例 14）是諸魔衆。互相催切。各盡威力。摧破菩薩。或角目切齒。
或橫飛亂擲。菩薩觀之。如童子戲。魔益 愁忿慰 。更增戰力。
（189，640c）

（例 15）爾時等目及菩薩衆。見是變化。咸 悅歡喜 。率禮普賢。（288‧
576b）

（例 16）第二諦念爲何等。所意棄欲棄家不 瞋恚怒 不相侵。是爲諦念。
（112‧505a）

「憨哀憐」就整部《大藏經》裡，僅見一例，即爲聶承遠《佛說超日明三昧經》
「生者不自覺。爲意識所使。墮於四顛倒。甚可憨哀憐」。此爲偈言，筆者認爲
乃爲使句式整齊所作，且無其他倒序用法。「悅歡喜」僅有竺法護各一孤例，且
於《漢語大詞典》失收，另又「歡喜悅」異序結構。「怵惕懼」、「瞋恚怒」、「恐
懼畏」、愁忿慰」，均無其他異序用法。以上所舉雙音節及多音節結構，大多是
佛經翻譯時臨時創造的；其雙音節及多音節用例的含有量遠遠超過同時期中土
文獻及口語詞彙系統。

除了情緒心理動詞之外，在佛經裡，這種三音節詞的結構不勝枚舉，且早
在東漢以前就有，但並不多見。胡敕瑞（2002：243-256）通過《論衡》與佛經
資料的考察，發現雖然同樣都有三音節詞，但是二者情況有同有異，且佛經更
能反映時代語言的新面貌。

馮勝利（1996：163-166）強調漢語原始複合詞必須是韻律詞（又稱音步、
標準音步），具有絕對優先的實現權，三音節詞是超音步，有其限制條件。從

「悅歡喜」、「駭驚怖」等詞來看，僅僅是增加其音節，在意義、語法均未有改變，因此，這種三音節詞與標準韻律詞其實沒有多大的區別性，換言之，這樣的三音節詞是「語音的加綴」，而非「意義的派生」，基於經濟原則，它們使用的時間並不長。

既然說三音節不是漢語基本音步，在中古佛經的三音節詞同義並列現象是為了什麼？為了佛經行文節奏需要嗎？或有其他原因呢？竺家寧認為：從語言翻譯角度來看，A語言翻譯為B語言，必須符合B語言的語言規律，且不受原語言影響。況且，當時的譯師是以充滿宗教熱忱的懷抱從事譯經工作，再者，從古代譯經制度來看，並非由一人獨自完成譯經，而是經由具良好的漢語表達能力譯師及參與譯經工作者共同進行；而從歷代經錄對譯師的記載得知，這些譯師的行文風格多為典雅流暢之屬。佛經是為中國傳教需要而翻譯，其語言自然是以反映當時實際語言為主。即便在翻譯之際受到梵文結構影響，也只限於篇章結構部分，在詞彙、語法結構部分是不會受到影響的。〔註25〕

三音節詞的產生與增加，應與雙音化問題一起討論。其途徑同樣以兩個意義相同或相近字合成雙音詞的雙音化方式，進而結合三個字成為三音節詞。

而從其他佛經資料，我們可以看到一些三音節詞與四音節詞並存的現象，如「五行氣」／「五行之氣」、「天地神」／「天地之神」、「四句頌」／「四句之頌」，這些四字語的「之」若消去，即便成為三音節詞，是可以彈性變化的。〔註26〕而豐富的三音節外來詞，如：「須彌山」、「曼荼羅」、「摩尼寶」等詞，不但增加了三音節詞的數量，也穩固其構詞形式。此為三字分式，即是以三個意義相同或相近的字（實際上都是詞）組合在一起，共同表達一個相同或相近的意思，它們之間的結合的關係並不緊密，分開可以單獨表義，前後順序可以交換。魏培泉（2003：78）解釋了為雙音詞與三音詞發展是由於雙音節易於構成音步，且複合詞產生的原因也離不開語義明晰的要求：

> 為何雙音節複合詞會比上古增加那麼多呢？一項理由是和構成音步
> 有關，但我們認為這只說明了雙音節易於構成音步，且雙音詞作為

〔註25〕此為竺家寧「佛經語言學」課程闡述之觀點，並未行文出版，特此註明。

〔註26〕這幾個例子是轉引自胡敕瑞（2002：253）。這樣的說法即為朱慶之（1992：225-231）提到古梵文同一個詞語的音節數目具彈性，長的可以將其中部分音節刪略縮短，短的可以利用同義詞或是虛詞加長。這樣的彈性也可以表現於翻譯佛經語言上。

獨立的單位應優於三音詞，卻不能解釋過去的單音詞後來何以用雙音詞來替代。因為即使是在西周的文獻中，兩兩為組的四字式也不在少見，可以看出以雙音節構成一音步的傾向已經形成了（但其中多數的雙字組合可能只是詞組而不是詞）。我們回顧過去的研究，複合詞增生的原因大約可以歸納為如下幾個主要理由：其一，文明的發展自然需要越來越豐富的詞彙；其二，中古語音簡化，同音詞大量增加，不得不以複合詞來加以區別；其三，上古常見一詞多義的現象（包括只是語義的不同以及兼有詞性區別的兩種情形），為達到精確化而多加利用複合詞來加以區辨。我們覺得以上的理由都不能排除，而且這些理由也有一個主要的共通點，那就是同樣都和語義明晰的要求關係密切。

因此，筆者認為這些三音節詞，為同義並列，關於其組合意義，亦是值得思考的。大抵來說可以分為三點：

（一）增加音節作為表義單位，使詞義更明確：上古漢語單音詞的詞義具有多個意象，在文句的意義容易產生歧義。這樣的詞彙系統不能滿足人們思維及表達過程上的需要，增加音節可以增加表義單位，可以使詞義明確。

（二）意義的強調作用：同義並列在意義上會有強化作用。例如「願樂欲」、「駭驚怖」類的情緒動詞均然。

（三）湊足音節：如：西晉竺法護譯《等目菩薩所問三昧經》：「爾時等目及菩薩眾。見是變化。咸悅歡喜。率禮普賢。」（288・576b）其中，「咸悅歡喜」即為四音節詞，乃為語音加綴使其符合漢語「音步為雙」的標準原則。

由此可知，漢語詞彙在發展過程中，產生豐富的新詞彙，以及同一詞素詞義的擴展，皆為雙音詞及三音節同義並列現象發展頻繁的基礎。然而，雙音複合詞保留下來與三音節詞無法長存的原因，均與漢語標準的韻律規則有關。

5.2.2 中古佛經情緒心理動詞並列式同素異序結構之問題

並列式為雙音結構中重要部份，相關研究散見於有關複合詞研究論文中，不乏對於專書或進行歷時性考察，並探討其演變機制。如劉承慧（2003）探討先秦實詞的複合化時，明確指出複合化由同義近義並列複合詞開展，亦有一些碩博士論文，如章明德（1994）《先秦漢語詞彙並列結構研究》；與丁

喜霞（2005）《中古常用並列雙音詞的成詞和演變研究》。

　　古代漢語的同素異序是並列式複合結構的一種，所謂同素異序只是構成複合結構的兩個語素 A 與 B，可以有 AB 形式，也有 BA 形式。這種語言現象早在上古就出現，《詩經·桃夭》：「之子於歸，宜其室家。」「室家」即為「家室」。周玟慧（2006）從語法結構角度切入，分析同素異序結構內部構成分為十類。〔註27〕就其意義來說，兩個詞素前後次序改變，竺家寧（1999）以現代漢語為例，提出四種會出現的情況。

> 第一種是失去意義，例如學生／生學，數目／目數。但二種是基本
> 意義完全改變，例如中心／心中，帶領／領帶，第三種是基本意義
> 近似，但詞義不相等，例如產生／生產，和平／平和，第四種是互
> 換後意義沒有任何改變，例如擔負／負擔，互相／相互。

第一種失去意義的例子無須討論，第二種來說，其對應的形式都具有相同的語素，語素的順序也是相反的。然而，從構詞角度來看，兩個語素在複合過程只是種組合的巧合，並非如同第三、第四類般的自然聯繫。

　　關於同素異序問題，無論在古漢語、近現代漢語或地方方言都有不少的討論。清·陸敬安《冷廬雜識·倒句倒字》提到：「《漢書》又多倒字，如妃后、子父、論議、失得、貴富、舊故、病利、病疾、併兼、悅喜、苦勤、懼震、柔寬、思心、候伺、激詭、諱忌、稿草之類之也。」在現代學者的研究裡，以古漢語的考察來看，有馬顯彬〈古代漢語同素異序詞綜論〉、張巍〈中谷漢語同素異序演變研究〉等；在佛經語料方面，顏洽茂《南北朝佛經複音詞研究》裡（1984）有〈南北朝佛經複音詞同素反序現象探討〉一章專文討論，竺家寧（1997）〈西晉佛經並列詞之內部次序與聲調的關係〉以及（1998）〈西晉佛經詞彙之並列結構〉二文，以西晉時期的佛經為材料，探討並列結構同素異序之問題。學者就其稱名、研究涵蓋範圍及研究材料不一，卻都顯

〔註27〕之所以稱為「同素異序結構」，乃是因為古漢語在語感劃分之際分限模糊，且主要以同素異序複合詞為討論對象，亦會涉及短語部分，故以保守稱名為同素異序結構。又周玟慧（2006）將同素異序詞分成「並列－並列」、「並列－偏正」、「偏正－篇正」、「動賓－並列」、「動賓－偏正」、「動補－偏正」、「動補－並列」、「動補－偏正」、「主謂－偏正」、「主謂－動賓」與其他共十類不同的結構關係。其中，以為「並列－並列」的同素異序結構為數量最多。

現同素異序議題具高度討論價值及議題的複雜性。

在本文寫作過程裡，也出現一些同素異序結構用例，然而，從構詞法來看，結構相同，且異序之意義相等或相似。筆者稱所討論主體爲「並列式同素異序結構」，又稱爲「並列式同素逆序結構」。

因此，本節以中古佛經情緒心理動詞同素異序結構爲範圍，釐清其類型及其歷時演變。

所謂同素異序，是指成對的、兩個語素地位相同、順序相反、結構並列。在這樣的結構裡，包含了一種似是而非的結構，這是要先剔除排外的。如：「黃金－金黃」、「國王－王國」、「主人－人主」、「弟子－子弟」具有相同語素、語序相反，但是從構詞角度來說，構詞時反映概念的目的不同，構詞後的意義亦有所差別。也因此，這類詞，是討論之際所刪除不論的。

本節討論並列式同素異序結構共有 2 2 組。若配合現代漢語語感及檢索資料庫觀察同素異序結構，〔註28〕則古代異序而現代漢語仍然保存的有：「喜歡」、「歡喜」，「嫉妒」、「妒嫉」；現代僅保存其中之一的有：「歡欣」、「憎惡」、「畏忌」、「喜樂」、「喜愛」、「親愛」、「敬畏」、「喜好」、「敬愛」、「欣悅」、「哀愍」；而二者均僅爲古漢語的異序結構的有：「怖畏／畏怖」、「矜哀／哀矜」、「愛重／重愛」、「仇怨／怨仇」。

以下，依據各同素異序結構組合逐一說明：

1. 歡欣／欣歡

（例 17）道無若干尋以一味爲諸通慧則發寶心。離諸結滯而以平等。有爲無爲有形無形。亦無 歡欣 不離寂然。（399・458b）

（例 18）汝後得佛當於五濁惡世。度諸天人。不以爲難。必如我也。于時善慧。聞斯記已。 歡欣 踊躍。喜不自勝。即時便解一切法空。得無生忍。身昇虛空。去地七多羅樹。以偈讚佛（189・622c）

（例 19）我亦應自伏其心求得此事。唯有此道無復異路。如是思惟已還觀不淨。復自 欣歡 作是念言。（616・286c）

「歡欣」在中古佛經使用頻率較「欣歡」高，除謂語功能外，亦擔任賓語、定語、狀語功能，在現代漢語仍然保存。其中，就本文檢索語料庫來看，「欣歡」僅有 2 例，分別出現於古譯時代及舊譯前期，且僅擔任謂語功能。

2. 矜哀／哀矜

（例 20）慈心弘普志不孅介斯則寶也。常懷悲愍 矜哀 危厄斯則寶也。

（638・546a）

（例 21）爾時樂見乾闥婆王白佛言。世尊。唯願 矜哀 解說。未來持法弟子如迦葉者。成就大慈具足淨戒。種性眷屬無可譏呵。

（387・1100a）

（例 22）如來大慈憐愍一切。故我今日敢生此問。願二足尊 哀矜 宣說。說已我當頂戴受持。（387・p1094a）

「哀矜」、「矜哀」在現代漢語均不使用，然在現代書面語裡，「哀矜」仍可見。而在中古佛經裡，二者使用頻率都不高，相較之下，「矜哀」使用頻率較高些，且於古譯時代有擔任賓語用法，如例 20.。就用例來看，兩種詞序的意義相同，且同具謂語功能。

3. 悲哀／哀悲

（例 23）諸 悲哀 者啼哭者滿其間。（556・908b）

（例 24）舍利弗比丘。巍巍如是。以故我見舍利弗比丘取滅度去。愁憂 悲哀。心懷感感。不能自勝。（154・080b）

（例 25）若於眾生興大 悲哀。眾生人物悉不可得。斯等乃是世之眾祐。常以一定不斷三寶佛法聖眾。（565・928a）

（例 26）今難國王。不知天下有佛。當用一切人民故。哀悲 諸勤苦。願佛明旦與諸比丘僧。勞屈尊神來到難國王所飯。（129・844b）

「悲哀」在現代漢語仍是常用詞，「哀悲」不用。在中古佛經裡，「悲哀」運用活潑，可以擔任定語，如句例 23.，可以擔任謂語，如句例 24.，可以擔任賓語，如句例 25.；而「哀悲」僅見古譯時代一例，擔任謂語功能，後接賓語「諸勤苦」。

4. 驚喜／喜驚

（例 27）彼眾菩薩遙見忍界充滿菩薩無空缺處。怪之驚喜自問其佛。
（403‧586b）

（例 28）諸賢者等。更有異人。來生此界。於冥覩明。相見喜驚。斯
爲菩薩現捨兜術天。是爲一事。（292‧650a）

「驚喜」在現代漢語亦爲常用詞，在中古佛經出現次數卻不高，在句子裡擔任謂語功能。「喜驚」在中古佛經僅出現 3 次，唯獨屬古譯時代西晉竺法護譯經使用。且此義叢《漢語大詞典》失收。

5. 歡喜／喜歡

（例 29）佛説是決已。迦羅越子逝。天帝釋。及諸比丘。聞經歡喜。
皆前爲佛作禮而去（527‧0803a）

（例 30）四禪寂然。除苦去安。憂感喜歡。無苦無樂。清淨具足。
（291‧601a）

（例 31）其求利義便致大衰。其無思求彼則無利亦無衰折。轉進學前
其見利義。心無憂感亦不喜歡。其心無憂志無罣礙。則無所
住。（310‧048b）

「歡喜」在現代漢語爲常用詞，「喜歡」亦然。然而，「歡喜」一詞，從上古表「喜悅」義，廣爲當時經師所運用。到近代左右引申「喜愛」義，但是在現代漢語裡，仍主要表「喜悅」義；〔註29〕「喜歡」在中古佛經僅有 12 例，在近代亦引申「喜愛」義，在現代漢語主要表「喜愛」義。從敘述得知，筆者認爲這一組詞自上古發展至近代，才逐漸分工表義。其中，「喜歡／歡喜」一詞，竺家寧（1998：15）以西晉佛經爲材料，認爲其詞性及意義改變，「可見『歡喜』是佛家名相，在佛經中出現的頻率很高，「喜歡」是普通動詞，佛經很少出現。因此它們之間還是有區別」然而，筆者以爲其「詞性」與「意義」無別，語法功能無別。故將其歸於異序後不改變之屬。

6. 哀愍／愍哀

（例 32）德如山王。而分布説禁戒之源。心念愍哀一切群黎。唯演尊

〔註29〕參見 3.3 喜愛語義場「歡喜/喜歡」。

妙第三行本。所説至誠永無有異。（285・468b）

（例33）世尊 哀愍 聲俗。使一切獲安。（34・818b）

（例34）彌勒白佛。唯聖説之。多所 愍哀 多所安隱。（342・153a）

「哀愍」一詞在現代漢語仍使用，然多爲書面用語，於口語不用；而「愍哀」一詞已消失於現代漢語裡。在中古佛經裡，「哀愍」使用頻率較高，然而就用法來看，二者均作謂語及賓語，如句例34.「多所愍哀」，作爲帶後綴「所」的動詞的賓語。然而，「多所哀愍」僅見一例，其功能主要爲謂語，而「愍哀」一詞相較之下，語法功能較爲活潑。

7. 欣悦／悦欣

（例35）時阿耨達王之太子。名曰當（丹常）信。敬心 悦欣。以寶明珠交露飾蓋進奉如來。叉手白佛。（635・506a）

（例36）尊及諸弟子。自期七日當還本國。王及臣民莫不 欣悦。（186・536a）

（例37）佛在大眾巍巍堂堂。相好晈著汪汪洋洋。（棄惡，人名）心懷 欣悦 敬進迎佛。稽首足下右遶三匝。叉手自歸長跪白佛。（318・892a）

「欣悦」仍爲現代漢語用詞，屬書面用語，口語不用；「悦欣」已退出現代漢語用詞。在中古佛經裡，「欣悦」、「悦欣」均擔任謂語功能，其中「欣悦」亦有賓語用法，且出現頻率教高；而「悦欣」一詞，在古譯時期仍活潑運用，在舊譯前期僅見一例，而不見於舊譯後期譯經。

8. 憎惡／惡憎

（例38）或於其親屬不避。尊卑長老眾共 憎惡。家室中外患而恚之。亦復不畏縣官法令無所避錄。（362・314b）

（例39）夫人處世。不惟忍者。所生之處。不值佛世。違法遠僧。常在三塗。終而復始。輒有劫數。若蒙餘福。得出爲人。稟操常愚。凶虐自隨。乃心嫉聖。謗毀至尊。爲人醜陋。眾所 惡憎。生輒貧窮。仕不得官。願與意違。」（500・769c）

（例40）愚癡無聞凡夫眼見色已。於可念色而起樂著。不可念色而起

憎惡。不住身念處。於心解脫。慧解脫無少分智。而起種種
惡不善法。不無餘滅。不無餘永盡。耳。鼻。舌。身。意亦
復如是。（099・316b）

「憎惡」一詞，在現代漢語仍爲用詞；「惡憎」不用，《漢語大詞典》失收。
在中古佛經裡，「憎惡」使用頻率較高，且除共有的謂語功能之外，亦擔任賓
語功能，如句例40.，作爲動詞「起」的賓語。

9. 親愛／愛親

（例41）親戚名眷屬。所攝領者名徒眾。眷屬及徒眾亦有三勝。如前
　　　　所說故稱爲大。皆相親愛不生憎嫉。恒共歡聚未嘗違離。
　　　　（1595・220a）

（例42）若死苦來頓奪前苦命根即絕。出胎亦爾。雖受大苦亦不失
　　　　命。死苦若來奪此生苦命根即滅。復次在少壯位。受用六塵
　　　　不知厭足。與所愛親共住未久。由少壯無病性力自在財物
　　　　勝故。恒起醉慢。（1647・384a）

「親愛」在現代漢語仍爲常用詞，「愛親」不用。然而，在中古佛經裡，二者卻
有截然不同的語法功能，「親愛」擔任謂語功能，如句例41.，「愛親」擔任賓語
功能表示「所親愛的對象」。

10. 苦惱／惱苦

（例43）其有諸天一切人民愁憂苦惱。爲除眾患。悉入總持光明之
　　　　曜。（459・446c）

（例44）「大王。欲何志尚惱苦若茲。人王曰。吾不志天帝釋及飛行
　　　　皇帝之位。吾觀眾生沒于盲冥。不觀三尊不聞佛教。」（152・
　　　　001c）

「苦惱」在現代漢語爲常用詞，同時具有名詞與動詞的功能，而「惱苦」一詞，
在現代漢語已不用。然在中古佛經裡，二者的語法功能不同。「苦惱」多作爲名
詞使用，且經師譯作多用此詞。「惱苦」僅有3例，均擔任謂語功能。今《漢語
大詞典》失收。

11. 喜悅／悅喜

（例45）時五十人聞法喜悅。願爲弟子。（211・585c）

（例46）如來所觀而知止足。其舌之門口宣音響。聞所宣音莫不悅喜。而演如來言辭之教。（0310・055c）

（例47）何謂喜覺意。所愛樂法篤信不離。常懷喜悅而不怯弱。其身口心常得休息。思務道法消化塵勞愛欲之患是謂喜覺意。（403・609a）

在現代漢語裡，「喜悅」仍爲表喜悅義用詞，但多在書面語使用，口語表達已被「開心」、「高興」所取代；而「悅喜」一詞，在現代漢語已完全不用。在中古佛經裡，「喜悅」、「悅喜」均擔任謂語功能，唯一不同的是，「喜悅」亦可擔任賓語功能。如句例47.。

12. 喜樂 / 樂喜

（例48）復次舍利弗。若行者。好作偈頌美音讚歎。猶如風動娑羅樹葉。出和雅音。聲如梵音。悅可他耳。作適意辭。令他喜樂。（620・338a）

（例49）若干種樹眾果芬華甚可樂喜，無轉悔心。（186・493b）

（例50）女見佛已心生喜樂。求索入道。（200・238c）

在現代漢語裡，「喜樂」爲表示「喜悅」義的用詞之一，「樂喜」已不用。在古漢語裡，《詩・小雅・菁菁者莪序》：「君子能長育人才，則天下喜樂之矣。」在中古佛經裡，「喜樂」用例繁多，與「樂喜」均可擔任謂語功能，而「喜樂」多作名詞，擔任賓語功能，指「聽聞佛法後的喜悅」。《漢語大詞典》失收「樂喜」一詞。

13. 怨仇 / 仇怨

（例51）有一國王。名曰迦鄰。與他國王。結爲怨仇。欲往壞之。（154・090b）

（例52）眾人不請祐而安之。興隆三寶能使不絕。皆已降棄魔行仇怨。（474・519a）

「怨仇」、「仇怨」在現代漢語口語均不用，在中古佛經裡，均擔任賓語功能，未見謂語功能用例。故二者語法功能相同。

14. 喜愛／愛喜

（例 53）彼離諸難處永斷愛欲。不貪摶食永離食想。逮得菩提示諸邪
　　　　見無所貪著。知六十二見性同涅槃離諸蓋想。離諸法中所有
　　　　過患清淨無垢。制伏憍慢拔無明箭。已害愛結無復 喜愛 。燒
　　　　諸煩惱離一切想。拔憂惱箭離慢大慢。（268・265a）

（例 54）彼說法鳥。猶如父母所說之法。皆悉決定。天著境界不聞不
　　　　覺。境界迷故。不受鳥語。行愛曠野。復向大林爲三種火之
　　　　所燒然。五怨所使 喜愛 所誑。迷於實道。唯有苦樂。苦相似
　　　　樂。以著如是虛妄樂故。不覺不知。利益說法。不受不取。
　　　　而聽其餘三處行鳥詠歌之聲。（721・311b）

（例 55）若有樂信。是等之人得立授決。 愛喜 經典受持讀誦。廣爲人
　　　　說不失道心。（310・049a）

（例 56） 愛喜 道法而懷悅豫。是爲智本。（398・447c）

（例 57） 愛喜 生憂。 愛喜 生畏。無所 愛喜 。（211・595c）

在現代漢語裡，「喜愛」用以表示「喜歡愛好」之義，而不用「愛喜」；然而在
中古佛經裡，「愛喜」的用例卻較「喜愛」高，在語法功能方面，「喜愛」作謂
語功能時，不接賓語，如例 53.～54.。「愛喜」在中古佛經作謂語功能時，後多
接賓語，如例 55.～56.，亦有不接賓語者，如例 57.，《漢語大詞典》未收。

15. 好喜／喜好

（例 58）比丘歡佛歡法歡比丘僧。意堪忍心 好喜 。常不遠離。不以口
　　　　所陳。心淨爲淨。當受歸命。（1549・782a）

（例 59）天地共遭大風災變時。天下人施行有仕。平善慈仁常孝順。
　　　　皆好喜爲道。死精神皆上第十七天上爲天人。泥犁中人。及
　　　　諸有含血喘息蠕動之類。死皆歸人形。皆復爲眾善之行。皆
　　　　 喜好 爲道德。死精神魂魄皆上第十七天上爲天人。（023・
　　　　305a）

「喜好」在現代漢語爲常用詞，表「喜愛」義，「好喜」已不用，然而在中古佛
經裡，「喜好／好喜」同樣擔任謂語功能。例 59.「皆 喜好 爲道德」的「喜好」

與同段上文「皆好喜爲道」的「好喜」爲同素異序的同義詞，應是爲使說法時的語言更加活潑化使然。

16. 畏忌／忌畏

（例60）彼愚騃人亦復如是。出意造行無所 畏忌 。是故說曰知慚壽中上也（212・736c）

（例61）若比丘爲婬欲所惱。欲向同學說者。復自 忌畏 。因在屛處作大聲而言。（1462・720a）

「畏忌」一詞在現代漢語裡僅出現在書面語言，「忌畏」一詞偶於少數使用者行文所用。然筆者檢索資料庫則未見句例。在中古佛經裡，「畏忌」一律擔任「無所」、「無有」的後接賓語；「忌畏」僅有一例，擔任謂語功能。

17. 忿怒／怒忿

（例62）龍大 忿怒 。身皆火出。佛亦現神。身出火光。（185・481a）

（例63）或時家中內外知識朋友。鄉黨市里愚民野人。轉更從事共相利害。諍財鬥訟 怒忿 成仇轉諍勝負。慳富焦心不肯施與。（362・314a）

（例64）譬如夢幻。喻如軍征。百萬之衆。恃怙名將。以却怨敵。道人伏心。制意修法。奉道順行戒禁。身意清白。布恩施德。除棄 忿怒 。憍奢諍訟。專精行道。無得爲礙。志在軌迹。內自省身。（736・538c）

「忿怒」一詞，仍保存在現代漢語，「怒忿」一詞已不用。在中古佛經裡「怒忿」僅有一用例，如句例63.，而「忿怒」可擔任謂語功能，如句例62.，以及賓語功能，如句例64.。

18. 敬畏／畏敬

（例65）行者受持此陀羅尼。又應尊重佛及法僧。於三寶所恒生 敬畏 。一心專修甚深法忍。（1014・691c）

（例66）尊重者。知一切衆生中德無過上故言尊。 敬畏 之心過於父母師長君王利益重故故言重。（1509・277a）

（例67）讒刺者。以瞋恚心無 畏敬 心侵惱善人。是人以此五法敗壞其

心。不任種諸善根。故名心栽。（1646・321b）

（例 68）汝聞越祇。承天則地。敬畏社稷。奉事四時不。（005・160c）

（例 69）復不畏敬天地神明日月。亦不可教令作善。不可降化。自用
　　　　偃蹇常當爾。亦復無憂哀心。不知恐懼之意。憍慢如是天神
　　　　記之。（362・314c）

「敬畏」一詞，仍保存於現代漢語，「畏敬」今已不用。在中古佛經裡，「敬畏」、
「畏敬」均可擔任定語，如句例 66.～67.，亦可擔任謂語，如句例 68.～69.，此
外「敬畏」一詞亦可擔任賓語，如句例 65.。

19. 怖畏／畏怖

（例 70）或生厭離怖畏涅槃。或求涅槃。（1582・968c）

（例 71）所有眾生無有老病。各各自在不相畏怖。常不惱他命不中殀。
　　　　（157・194b）

（例 72）是我大師。如是不應憂畏。如依大王無有怖畏。諸阿羅漢所
　　　　作已辦。是我同伴。已能伏心如奴衷主。心已調伏具種種果
　　　　六通自在。我亦應自伏其心求得此事。（616・286c）

（例 73）要使除其畏怖。然後乃坐。（125・666b）

在現代漢語裡，「怖畏」、「畏怖」均不在口語使用，然而，在書面行文之際，仍
保存其用法，這屬於古詞語的遺留。在中古佛經裡，二者均可以擔任謂語功能，
如句例 70.～71.，亦可擔任賓語功能，如句例 72.～73.。故二者用法相同。

20. 愛重／重愛

（例 74）獨有一子。舉家愛重。莫不敬愛。視之無厭。今以命過。以
　　　　子之憂。而發狂癡。其心迷亂。開軒窗及門戶求索子。願來
　　　　見我。何所求子。（154・080c）

（例 75）於一切眾生不起我心。於一切菩薩起如來想。愛樂菩薩猶如
　　　　己身。愛重正法如惜己命。愛敬如來如護己目。於持戒者生
　　　　諸佛想。是為智業。（278・664b）

（例 76）佛言。善哉善哉。文殊師利。發意問乃爾乎。佛言。聽我說
　　　　前世作功德。菩薩世世所重愛珍奇好物持施與人。常持好眼

善意施與。用是故（812・773b）

「愛重」、「重愛」在現代漢語均不見用例，然而，在中古佛經裡，二者均爲表「喜愛」意義的用詞。其中，「愛重」的用例頻率較高，有及物與不及物的用法。例74.爲不及物用法，例75.「愛重」後接對象是無生賓語「正法」，意指「我所愛重正法就像珍惜自己的生命」。句例76.「重愛」於中古佛經裡擔任謂語功能時，僅有及物用法，「重愛」的是「珍奇好物」。因此，二者的語法功能略有差異。

21. 愛敬／敬愛

（例77）一摩訶羅語其女言。此是汝婿。第二摩訶羅語其兒言。此是汝婦。作是語時。俱得僧伽婆尸沙。時二摩訶羅展轉作婚姻已。各各歡喜。如貧得寶。更相愛敬。如兄如弟。（1425・275c）

（例78）獨有一子。舉家愛重。莫不敬愛。視之無厭。今以命過。以子之憂。而發狂癡。其心迷亂。開軒窗及門戶求索子。願來見我。何所求子。（154・080c）

「敬愛」在現代漢語裡，仍是表「尊敬」、「喜愛」義的常用詞，然「愛敬」已不用。在中古佛經裡，二者語法功能相同無別，均作謂語使用。與現代漢語不同的是，「愛敬」的使用頻率卻較高於「敬愛」。

22. 嫉妒／妒嫉

（例79）殺盜淫泆兩舌惡口妄言綺語嫉妒恚癡。如此之凶無餘在心。（152・011b）

（例80）見無德者反說其善。若聞讚他。於彼人所起妒嫉心。是爲慢業。（278・664a）

在現代漢語裡，「嫉妒」、「妒嫉」均爲「怨恨」義的常用詞。然而，在中古佛經裡，均僅各有一用例，「嫉妒」作名詞功能用法，用以指所有的兇行罪業。「妒嫉」擔任定語功能，修飾「心」表示妒嫉怨恨的心理。

綜合上面的討論，並列式同素異序後有三種情況出現：

第一類，不改變詞性及意義者。屬於這一類的有「歡欣／欣歡」、「驚喜／

喜驚」、「怨仇／仇怨」、「喜愛／愛喜」、「喜好／好喜」、「敬愛／愛敬」、「喜歡／歡喜」七組詞，佔同素異序結構總比例的 31.8%。這類詞可以說明單詞變成聯合式複合詞過程裡，正處於凝固選擇的過渡階段，其組合關係較為鬆散的關係。

第二類，同素異序後的用法有別。屬於這一類的有「矜哀／哀矜」、「悲哀／哀悲」、「愛重／重愛」、「愍哀／哀愍」、「欣悅／悅欣」、「憎惡／惡憎」、「畏忌／忌畏」、「喜悅／悅喜」、「喜樂／樂喜」、「敬畏／畏敬」、「嫉妒／妒嫉」、「忿怒／怒忿」等 12 組詞，佔同素異序結構的總比例最高，有 54.5%。其中，「喜悅／悅喜」為例說明：以在現代漢語裡，「喜悅」仍為表喜悅義用詞，但多在書面語使用，口語表達已被「開心」、「高興」所取代；而「悅喜」一詞，在現代漢語已完全不用。在中古佛經裡，「喜悅」、「悅喜」均擔任謂語功能，唯一不同的是，「喜悅」亦可擔任賓語功能。

第三類，同素異序結構在異序後，詞性或意義改變。屬於這類的有：「親愛／愛親」、「苦惱／惱苦」、「喜樂／樂喜」，佔總比例 18%。以「喜樂／樂喜」為例，「喜樂」用例繁多，與「樂喜」均可擔任謂語功能，而「喜樂」多作名詞，擔任賓語功能，指「聽聞佛法後的喜悅」。因此，其詞性與意義均有所別。

由此推論，筆者觀察中古佛經情緒心理動詞同素異序與用法及意義的同異性時，以不同結構擔任不同用法的用例為最多；其次為語法意義與概念意義毫無改變。這說明詞彙組合仍在不穩定的階段，也因此，當產生異序便改變語法功能及概念意義的用例也相形鮮少。

在相同詞素產生異序現象後，在語言運用之際，經過時空交迭後，何者留存？又何者消亡？其條件為何？又語序排列原則為何？孰先孰後？這又是要討論的另一問題。

丁邦新在〈國語中雙音節並列語兩成分間的聲調關係〉以《國語辭典》的 3056 條並列語為範圍，描寫現代漢語並列成分搭配規律，有三：1. 兩成份間如有陰平字，必在前。2. 如有一個去聲，必在後。3. 陽平必須在上聲之前。

表 5.1-18　並列式同素異序結構之聲調及分佈表

條　目	平　仄	數　量	條　目	數　量
歡欣	平平	22	欣歡	2

矜哀	平平	9	哀矜	4
悲哀	平平	111	哀悲	1
驚喜	平上	31	喜驚	3
歡喜	平上	7916	喜歡	12
哀愍	平上	346	愍哀	190
欣悅	平入	89	悅欣	2
憎惡	平去	136	惡憎	2
親愛	平去	97	愛親	11
苦惱	上上	2480	惱苦	212
喜悅	上入	278	悅喜	174
喜樂	上入	1100	樂喜	56
怨仇	去平	15	仇怨	11
愛喜	去上	103	喜愛	52
好喜	去上	93	喜好	11
畏忌	去去	15	忌畏	1
忿怒	去去	59	怒忿	1
敬畏	去去	15	畏敬	7
怖畏	去去	1276	畏怖	66
愛重	去去	124	重愛	24
愛敬	去去	396	敬愛	100
嫉妒	入去	1	妒嫉	1

　　由丁氏的規則可知，平仄的確是決定次序的一大要件，然而，在竺家寧（1997）及（1998）以西晉佛經並列同素異序詞進行考察，共分析西晉竺法護 16340 個雙音節並列結構，認為丁氏之說僅佔 86%，另有 14% 的用例是無法以這三條規律說明的。在本文裡，也有不合規律的現象需要討論。

　　然而，在中古佛經情緒心理動詞裡，相同詞素在異序過程之後，與順序的佔 59%，同序的佔 27%，不合聲調組合規律的，有「怨仇／仇怨」、「愛喜／喜愛」及「好喜／喜好」。占 18%。

　　陳愛文、于民（1979）以現代漢語材料分析，提出「意義」與「聲調」為並列雙音詞詞序的先後決定要素；李思明（1997）以《朱子語類》為題，討論其並列合成詞之際，他以 2452 個詞統計，其中順序佔 62%，同序為 28.2%，逆序為 9.6%。逆序佔 5.9%，他在文中提到：「決定這些詞的詞素排列次素的

因素有如下三個方面：語音、意義和習慣。」

　　然而，就「仇怨／怨仇」、「喜愛／愛喜」與好喜／喜好」這三組結構而言，究竟是什麼原因造成其組合逆序現象產生呢？

　　就「怨仇」一詞而言，上古即出現用例。如：

（例81）今已爲天子，而所封皆故人所愛，所誅皆平生 仇怨 。《漢書‧
　　　　本紀‧高帝紀》

（例82）若父母存，許友報 仇怨 而死，是忘親也。《禮記‧曲禮》

（例83）月氏遁逃而常 怨仇 匈奴，無與共擊之。《史記‧大宛列傳》

（例84）永和元年，拜河南尹。冀居職暴恣，多非法，父商所親客洛
　　　　陽令呂放，頗與商言及冀之短，商以讓冀，冀即遣人於道刺
　　　　殺放。而恐商知之，乃推疑於放之 怨仇 ，請以放弟禹爲洛陽
　　　　令，使捕之，盡滅其宗親、賓客百餘人。《後漢書‧梁統列
　　　　傳》

就筆者檢索中央研究院漢籍全文全文資料庫可知，上古與中古中土文獻用例共有29例，而「怨仇」僅有9例。故，筆者認爲這是受到中土文獻用語影響。

　　「喜好／好喜」二詞，就習慣來說，「好喜」在上古及中古中土文獻用例僅有一例，於《詩經‧小雅‧巷伯》：「好，好喜也。」相較之下，「喜好」有五例。如：

（例85）夫山西饒材、……銅、鐵則千里往往山出棊置：索隱言如置
　　　　棊子，往往有之。　正義言出銅鐵之山方千里，如圍棊之置
　　　　也。管子云：「凡天下名山五千二百七十，出銅之山四百六
　　　　十七，出鐵之山三千六百有九。山上有赭，其下有鐵。山上
　　　　有鉛，其下有銀。山上有銀，其下有丹。山上有磁石，其下
　　　　有金也。」此其大較索隱音角。大較猶大略也。也。皆中國
　　　　人民所 喜好 ，謠俗被服飲食奉生送死之具也。《史記‧貨殖
　　　　列傳》

可知，此亦是受到中土文獻語言影響使然。而檢索「喜愛／愛喜」二詞在漢籍全文資料庫的分佈，「喜愛」一詞最早出現於《南史》，「愛喜」出現於《永樂大典》及《明史》，可知，這一組詞並非受到中古中土文獻語言影響。

那麼，又是什麼原因造成「喜愛／愛喜」、「喜好／好喜」不符合聲調規律呢？筆者嘗試從意義層面討論，在第三章「喜悅」、「喜好」語義場裡提到，「喜」可分為「喜 1」與「喜 2」，而之間的意義引申乃是藉由不帶賓語轉而後接賓語的句法格式使然，故「喜」有由情緒轉為態度的引申途徑，從情緒心理學來看，這是種情感的深化使然。而「好」與「愛」均為「喜愛」語義場，因此，筆者認為「喜好／喜愛」乃是「由對於客體的喜悅之情（喜1→喜2）進而喜愛的情感（好／喜愛）」。這是受到意義表達層次的影響。

綜上所述，以幾個簡單的用例，可以約略看出：

1. 同素異序同義的情形，正可說明單詞變成聯合式複合詞過程裡，正處於凝固選擇的過渡階段，其組合關係較為鬆散。

2. 部分用詞只為少數經師使用，可見不同譯師語用習慣也有所不同。

3. 在同素異序關係裡，必然有一個詞居於主導地位，如：「驚喜」、「苦惱」、「快樂」皆屬之，直到今日，這些主導的詞仍被我們廣泛使用著，也反映出詞語結構也有約定俗成的情形。

4. 同素異序關係裡，決定詞素排列及主導詞之所以能保留傳世，其影響詞素次序的原因主要為聲調，其餘則受意義與使用習慣影響。

5.3 中古佛經情緒心理動詞的歷史演變

胡敕瑞（1999）曾就《論衡》與東漢佛經詞語進行全面比較研究，認為佛經詞彙與中土文獻詞彙相較之下，呈現更為創新的面貌，較接近魏晉詞彙。他並從佛經材料回溯許多中古時期詞彙的源頭，非但補足現代詞典編纂的漏罅，證實佛經語料的口語性質及歷史定位；認為漢魏六朝詞彙實際上是儒佛兩家詞彙的匯總，是口語和書面語兩種詞彙的交融。

在共時性的描寫裡，筆者發現中古佛經與中土文獻所使用的詞群成員大致相同，義素分析之際，觀察其語法意義及概念意義也差別不大，然而，有所差異的是：在佛經語料裡，其所出現的詞群成員發展速度較中土文獻快速，尤其是將其擺在歷時演變關係來看，便更加突出其口語化的特點。〔註30〕

〔註30〕關於這部分的討論，請詳參第三章與第四章，已依照正負義場分析義素，並於每個義場討論之際，與中土文獻的詞彙運用進行比較研究。於此不再贅述。

　　本文研究是偏向共時性的，然而在探討語言現象時，歷史的觀察亦不可偏廢。在 5.1.1 部分，已嘗試以「常用詞」為主題，綜合共時與歷時的研究角度進行考察。然而筆者那樣的討論只是方向的探索，並非全面的討論；又礙於能力所限，無法全面地將中古佛經情緒心理動詞進行歷時考察。故暫於本節就中古佛經為題、以歷時角度討論在漢語情緒心理動詞語義場的部分問題。

　　中古佛經情緒心理動詞隨著語言發展，使得某些情緒心理動詞發生詞義變化。關於詞義變化的界定標準，需要注意的約略有三：首先應以義項為單位，而不是以詞為單位，從詞義引申討論的是義項的增減轉移，觀察的是義項的古今變化；其次，語義場在詞義變化類型裡具有決定作用，語義場是界定詞義擴大、縮小、轉移的決定性因素，限定性義素的增減引起上下位的變化，即所謂擴大或縮小，中心義素變化引起所屬語義場的變化，即詞義的轉移；色彩意義在詞義變化的作用，例如輕重、褒貶色彩意義的變化。而這三個詞義變化界定標準，放在中古佛經情緒心理動詞的語義場來看，筆者則想進一步考察同一義場的引申現象及使役結構問題。

　　張志毅、張慶雲（2001：326）在同一語義場裡，其內部各詞群成員會存在著同步引申的現象，同場同演化是演化的一條規則。這種引申關係是同時發生的，如杜翔（2000）、竺家寧（2008）提到「觀看」語義場中，「視」、「看」、「瞻」都引申出「看望」義；又如本文提到的「喜悅」義的語義場均可引申出表「喜愛」義。也可以是不同時期先後發生的，如杜翔（2000）提到「呼叫」語義場裡「呼」、「喚」、「叫」、「喊」的引申發展情況。

　　在討論詞義變化之際，筆者則以中古佛經心理動詞與現代漢語詞彙進行比較，並列舉幾個語義場為說明：

　　表「喜悅」義語義場成員大多可以引申「喜愛」義。例如「喜」詞群裡，「喜1」在上古文獻用例來看，是指由內心自發進而外現的喜悅情緒，表示「喜悅、歡樂」的意義，如：《詩・鄭風・風雨》：「既見君子，云胡不喜？」其句法格式乃為謂語後不帶賓語。筆者觀察「喜」後接賓語的句例，即引申為有喜愛義的「喜2」，如《史記・田叔列傳》：「田叔者，……叔為人刻廉自喜，喜游諸公。」三國・魏・嵇康〈與山巨源絕交書〉：「臥喜晚起，而當關呼之不置。」在 5.1 裡，筆者討論過「喜」、「樂」、「悅」、「歡喜」同時出現在表「喜

悅」義及「喜愛」義的語義場。觀察中古佛經語料發現，表「喜悅」語義場的常用詞大多可以引申表「喜愛」義，進入「喜愛」語義場，如「喜」、「樂」、「悅」、「歡喜」在歷時演變過程裡，都循此一引申途徑發展。筆者嘗試探究其來源用法，發現：其意義引申的途徑是從句法格式改變使然，也就是由不帶賓語進而轉為帶賓語的用法。在「漢籍電子文獻資料庫」裡，上古文獻的句例裡，有表示「喜悅歡樂」義的用法，如：

（例 1）既見君子，云胡不 喜 ？（《詩・鄭風・風雨》）

（例 2）有朋自遠方來，不亦 樂 乎？（《論語・學而》）

（例 3）亦既見止，亦既覯止，我心則 說 。（《詩・召南・草蟲》）

（例 4）長平之事，秦軍大克，趙軍大破，秦人 歡喜 ，趙人畏懼
　　　　（《論衡・本性》）

當這些詞的後頭加上賓語，就從「喜悅」意義引申出「喜愛」意義了。如：

（例 5）田叔者，趙陘城人也。其先，齊田氏苗裔也。叔喜劍，學黃
　　　　老術于樂巨公所。叔為人刻廉自 喜 ， 喜 游諸公。（《史記・
　　　　田叔列傳》）

（例 6）未若貧而 樂 道、富而好禮者也。（《論語・學而》）

（例 7）非不 說 子之道，力不足也。（《論語・雍也》）

（例 8）他真個不 歡喜 我了，更待干罷！只得到俺哥哥那裡告他去。
　　　　（《關漢卿雜劇・杜蕊娘智賞金線池第三折》）

從《史記》「喜」用例得知，「喜」開始帶賓語，由「喜悅」引申「喜愛」義，且「歡」進入喜悅語義場的核心成員，其中「喜」、「樂」、「悅（說）」表喜愛義的用法在上古就出現了，然而根據筆者檢索「漢籍電子文獻資料庫」得知，「歡喜」一詞表喜愛義的用法最早出現於元朝關漢卿的作品。；中古及近代中土文獻裡，仍保有以「喜」獨用且未有與其他詞素複合構詞的雙音節詞進入語義場的核心成員。〔註31〕然而，在中古佛經裡，「喜1」有別於在中古中土文獻的用法，以「歡喜」為核心成員，並有「喜悅」、「喜樂」、喜歡」、樂

〔註31〕據邵丹（2006：49-53）討論上古與中古中土文獻裡，以「喜」構詞的表「喜悅」
　　　　義僅有「喜」一詞，未見其他用例。

喜」、「悅喜」等複合詞表示「喜悅歡樂」義。以「喜」獨用的用例減少，且多是爲雙音化與副詞搭配組合，如「甚喜／大喜／不喜」等。

　　總的來說，從中古佛經來看，表「喜愛」義的成員在發展上是從「喜悅」義的成員而來的，這是由於意義引申使然，在句法格式方面，則由不及物轉爲及物後接賓語。也因此，「喜悅」、「喜愛」語義場在上古漢語時，之間有詞義區別，句法格式也是互補關係。

　　表「喜愛」義的語義場成員，如句例 5.～8.，本表「喜愛」義引申出「傾向於／容易發生」之義。這樣的用法在中古佛經就出現了，以「喜 2」爲例，如：「人命難知，計算喜錯。」（《百喻經‧婆羅門殺子喻》）。這是由於主語與賓語的性質改變使然，如：

　　（例 9）火盛喜破，微則難熱，務令調適乃佳。（《齊民要術‧塗甕》）

　　（例 10）咋不是！那壞蛋們盡壓低價錢，不賣，果子擱著愛壞；賣，不合算！」（《姚良成》）

　　（例 11）聰明好短命，癡騃卻長年。鈍物豐財寶，醒醒漢無錢。（《寒山詩》）

從句例 9～11 來看，主語不再是表「喜愛」義時的人或表示人的名詞，是心理動詞的感受者，表「傾向於／容易發生」意義時，大多是除了人以外的對象（動物／植物／無生名詞），而賓語是謂詞性賓語。如果主語是人或表示人的名詞，便不是心理動詞的感受者，只是表述主語的狀況罷了。

　　何以有主語性質的改變？又何以表「喜愛」義的詞群成員會引申有「傾向於／容易」之義？筆者認爲：當主語是人或表人的名詞時，「喜愛」某一人事物，就蘊含著會去做這件事情、親近事物的意義，「喜愛」是用以表示人（主語）的情緒；當主語的性質轉變爲「動物／植物／無生者」時，因爲他們不具有能動性，古人同樣以表「喜愛」義的詞用以表現容易發生、傾向的現象。

　　表「尊敬」義語義場的詞群成員，在現代漢語裡仍表尊敬義。

　　表「憤怒」義語義場的詞群成員，在中古佛經擔任謂語功能之際，後多不接賓語。如：

　　（例 12）魔王益忿。更召諸鬼神。合得一億八千萬眾。皆使變爲師子

> 熊羆虎兕象龍牛馬犬豕猴獼之形。不可稱言。（185‧477b）

（例 13）時王大怒。勅其有司令兀其手足棄於塚間。時治罪者。即於
　　　　塚間兀其手足仰臥著地。（1425‧235a）

（例 14）時國王瞋。此比丘尼。棄家遠業。爲佛弟子。既不能暢歎譽
　　　　如來無極功德。反還懷妬。誹謗大聖乎。（154‧076b）

然而，檢索「漢籍電子文獻資料庫」裡，筆者發現亦有許多後接賓語用例。如：

（例 15）今有不才之子，父母怒之弗爲政。（《韓非子‧五蠹》）

（例 16）男兒屈窮心不窮，枯榮不等嗔天公。（唐‧李賀《野歌》）

（例 17）白下門東春已老，莫嗔楊柳可藏鴉。（宋‧王安石《慕春》）

由這些句例得知，憤怒語義場詞群成員如果帶人或表示人的賓語大致有兩種情
形：其一爲使役結構，如句例 15.「怒之」表示「使之怒」，表「憤怒」義；其
二是表「譴責／埋怨」義，如句例 16.～17.。

（例 18）若不可教，而後怒之。（《禮記‧內則》）

鄭玄注：「怒，譴責也」。可知當詞群成員後面接人或表示人的名詞時，如果
不是使賓語生氣，便引申出「譴責／埋怨」義表具體動作，主語不是感受者，
而是施事者。由於本文在語義場劃分之際，首要以現代漢語語感爲條件，因
此才劃分表「憂愁」、「怨恨」、「厭惡」義三個語義場。然而，這三個語義場
之間的詞義常相互引申。在上古漢語裡，主要以「怨」、「恨」、「憎」、「惡」、
「痛」、「苦」、「憂」、「愁」等單音節詞獨立使用，到了中古佛經，這些詞幾
乎不再單獨使用，而以構詞語素的形式出現。而這種混用組合的過程裡，也
使得詞義界線模糊。上古漢語或中古中土文獻，「憂苦」語義場有「疾」、「病」、
「痛」、「苦」，本來指人體的疾病與疼痛，但是由於這些身體的不適會進而帶
來精神的不悅與難受，「疾」本指「輕微的病」，段玉裁注《說文‧广部》提
到：「析言之則病爲疾加，混言之則疾亦病也。」〔註 32〕引申爲「憂苦」義，
由表示「疾病、病痛」不帶賓語的句法格式轉化爲帶賓語的句法格式。如：

（例 19）君子疾沒世而名不稱焉。」（《論語‧衛靈公》）

〔註 32〕關於上古漢語對於憂苦語義場的説法，乃是參考自王鳳陽（1996）及邵丹（2006）
　　　　的意見。

（例 20）君子 病 無能焉。不病人之不己知。」（《論語・衛靈公》）

古人以「痛」用以表示「怨恨」、「厭惡」義。如：「秦父兄怨此三人， 痛 入骨髓。」（《史記・淮陰侯列傳》）此處「痛」與「怨」有意義連結，指怨恨帶給人的不舒服及難受。又如：「爾時有比丘。暮從比丘索水。彼作是念。佛不聽著革屣有所取與。時彼住處去水遠畏毒虫。時彼比丘。脫革屣往取水毒虫囓腳 痛苦 不樂。諸比丘白佛。（1428・847c）此處的「痛苦」屬「憂苦」語義場，又：

（例 21）諸侯 疾 之，將致命於秦。（《左傳・成公 13 年》）

（例 22）與刖其父而弗能 病 者何如？」杜預注：「言不以父刖爲病

　　　　恨。」（《左傳・文公 18 年》）。

句例 21～22 屬表「怨恨」與「厭惡」語義場語義。

　　就「怨恨」語義場來說，王鳳陽（1993：844）提出其本義爲「不滿的心理」，只是對象與程度的不同，如「恨」、「憾」都是對自我的不滿足，「怨」是外向對別人不滿，因此，有「責怪／埋怨」之義。如：

（例 23）有四種言說妄想相。謂相言說。夢言說。過妄想計著言說。

　　　　無始妄想言說。相言說者。從自妄想色相計著生。夢言說者。

　　　　先所經境界隨憶念生。從覺已境界無性生。過妄想計著言說

　　　　者。先 怨 所作業隨憶念生。無始妄想言說者。無始虛僞計著

　　　　過自種習氣生。是名四種言說妄想相。（670・490b）

大意是「過妄想計著言說這種言說妄想相，由心想並埋怨所造的業而生起。」其「怨」指情緒的「埋怨」義及表程度輕微的「怨恨」態度義，所指對象爲「所造之業」；表「厭惡」語義場是種「討厭」的心理，仍與「怨恨」語義場的「不滿」有所區別。是然而，二者之間爲何有混用的情形？筆者觀察到「憎」與「惡」均爲表「厭惡」義，之間有程度上的區別，「憎」是指「仇恨，不能忍受」，「惡」是「從感情上討厭，感到不快」。這樣的區別，使得「憎」與表「怨恨」語義場的詞群成員具有相同義項，故構成「憎恨」之類的詞。

　　在中古佛經裡，也因此有混用組合的情況。如「憎恨」是「厭惡、怨恨」語義場、「憂恐」「憂畏」、「憂懼」是「憂苦、恐懼」語義場三個語義場之間詞義相互引申的展現。

表「驚駭懼怕」義語義場裡，在中古佛經裡，主要表「懼怕」義。如：

（例 24）是時。世尊告阿那律。汝畏王法及畏盜賊而作道乎（125・718c）

（例 25）諸佛尊法道慧巍巍如是。其聞是法。不恐不怖心不懷懼。解義所趣。（310・060b）

（例 26）是人命盡。歡喜不懼。得上生天。是以法家婦女。有四事行。著金銀寶環。得生於天上（154・108c）

然而，筆者搜尋「漢籍電子文獻資料庫」，查知「懼怕」義引申為「恐怕、擔心」的用法，最早即見於先秦兩漢，如句例 24.～26.：

（例 27）學如不及，猶恐失之。（《左傳・宣公 17 年》）

（例 28）齊王懼不能脫，乃用內史勳計，獻城陽郡，以為魯元公主湯沐邑。（《史記・齊悼惠王世家》）

（例 29）王謀為反具，畏太子妃知而內洩事，乃與太子謀，令詐弗愛，三月不同席。（《史記・南衡山列傳》）

（例 30）慈母引頭千度覓，心心只怕被人欺。（《敦煌變文・父母恩重經講經文》）

（例 31）本擬往北京一行，勾留一二個月，怯於旅費之巨，故且作罷。
（魯迅《書信集・致許壽裳》）

而「怕」引申為「擔憂」義約從唐代開始，如句例 30.；其中「怯」引申「擔憂、顧慮」義的時代最晚，如句例 31.。〔註33〕由此可知，在歷時演變裡，表「驚駭懼怕」義語義場成員，進而引申「憂慮、擔心」義時的時代不一，且其引申途徑是帶較長的謂詞性賓語及小句賓語。

藉由中古佛經情緒心理動詞詞義與現代漢語詞彙進行比對，筆者發現部分詞彙已經在歷時演變裡消亡。

其中，某些心理動詞詞義在現代漢語詞彙中保留下來。如：歡喜、快樂、歡樂、欣喜、歡欣、驚喜、恐懼、驚嘆、恐怖、喜悅、嗔忿、嗔怒、苦惱、喜

〔註33〕轉引自邵丹（2006：459）說法，認為「怯」因為經常與「勇」相對，引申出「擔憂、顧慮」義。文中並舉魯迅用例，以為其產生時代最晚。

樂、驚喜、安樂、憤恨、瞋恚、厭惡。

就單音節而言，其詞義變化可以類分為三：

（1）在現代漢語裡可單獨作為心理動詞使用，亦可與其他詞素構成多音節心理動詞。如：樂1、樂2、愛、喜1、喜2、驚、怒、好、怨、恨、畏。

在現代漢語裡，「好樂」、「好愛」均為活潑的用語，「樂」、「愛」均為心理動詞。而這些詞亦可組合為「喜愛」、「愛好」等詞。

（2）在現代漢語詞彙裡，僅為一個構詞語素，須與其他構詞語素結合，構成多音節心理動詞。如：怖、恐、忿、欣、歡、憂、懼（懅）、瞋、愁、悅、恚、嗜。

這類心理動詞只作為現代漢語的構詞語素，不再獨立使用為心理動詞，如「恐」、「怖」均無法單獨使用，二者組合為「恐怖」時，為現代漢語動詞表「驚駭懼怕」義語義場的主要成員。

（3）只存在於現代漢語的書面語。如：戚、患、慼、豫、慍、恕、惕、愍、鄙、憫。

這類心理動詞的詞義並未發生任何變化，僅僅色彩意義發生變化，為現代漢語書面語偶爾使用，而不被使用於口語詞彙。

就雙音節而言，仍存在現代漢語詞彙，且為靈活運用者，有：

歡欣、歡喜、歡適、歡娛、喜歡、歡悅、歡樂、快樂、忿怒、欣喜、畏忌、畏怖、畏敬、畏懼（懅）、恐怖、恐懼（懅）、驚恐、驚喜、驚歎、驚駭、驚懼（懅）、驚悚、憂悲、喜悅、恭敬、悲憫、戰慄、喜樂、尊崇、尊敬、愛好、愛慕、驚喜、安樂、忿恨、敬畏、敬愛、怨恨、瞋恨、憎惡、嫉妒（妒嫉）、喜樂、可愛、敬愛、忿恨、憂慼。

已經消亡的有：懼畏、愁忿、懼（懅）悸、煩冤、煩熱、形笑、欣懌、恨恨、愁憂、愁慼、惱苦、肅虔、恭肅、慈惻、仁惻、慟怖、愴愴、樂喜、仇憎、恐畏、愛敬、愛親、矜哀、愛喜、欣歡、好樂、好喜、愛敬、悅可、悅喜、愍哀憐、怵惕懼、悅歡喜、歡喜樂、恐懼畏、憂懼畏、驚怖畏、愁忿對、愁憂恐、瞋恚怒。

只存在現代漢語書面語的有：

惶懼（懅）、瞋忿、瞋怒、瞋憤、喜驚、欣欣、仇怨、怨仇、欣懌、欣樂、恚恨、忿怨、忿恚、怨恚、瞋恚、忿惱、尊戴、敬慕、懟恨、恭肅、哀矜、欣

慶、欣豫、怵惕、矜愍、愛念、愛重、重愛、慇憎、恚恨、慊怨、畏憚、怖畏、欣悅、驚怖、驚怕、驚畏、驚愕、驚惶、驚怛、悅欣、悅懌、悅豫、恚怒、憂畏、憂恐。

就使役結構而言，表「喜愛」、「尊敬」、「怨恨」、「驚懼害怕」語義場的大部分成員，在上古漢語可以直接帶使役賓語，在中古漢語及近代漢語中往往以使役句來表示，如：「君為東上，冕而摠干，率其群臣，以樂皇尸。」（《禮記‧祭統》）到了中古時期，便以「令其快樂」表示，如：「我往昔時。免其眾厄。施以珍寶。令其快樂。」（202‧429c）使役結構的問題，也是詞彙句法上討論的重要議題。

從歷時角度來看，上古漢語以單音節詞為主，中古開始出現大量複合詞，使得古漢語情緒心理動詞的語義場成員，由「喜1、喜2、樂1、樂2、悅、歡、怒、忿、恚、驚、駭」等，轉變為同義、近義語素組合複合的「歡喜、歡樂、喜悅、嗔恚、忿怒、恐懼、畏懼、怖畏」等。

從上古到中古這段時間內，中古佛經在使役結構的分佈情況，大致可以類分為二：其一為就表「喜愛」、「尊敬」、「怨恨」、「驚駭懼怕」、「憂苦」語義場部分，其詞群成員均為及物動詞，當他們後面接人或表示人的名詞性賓語時，是指對象，無法構成詞彙使役結構，然而，在上古時期便可見以「使／令／」構成的句法使役結構。如：

（例32）君安能憎趙人，而令趙人愛君乎？。（《戰國策‧趙策三》）

（例33）及爾偕老，老使我怨。（《詩經‧衛風‧氓》）

（例34）竊以為令梁孝王怨望，欲為不善者，事從中生。（《史記‧梁孝王世家》）

（例35）賞莫如厚，使民利之；譽莫如美，使民榮之；誅莫如重，使民畏之；毀莫如惡，使民恥之。（《韓非子‧八經》）

其二，表「喜悅」義語義場到中古漢語才出現句法使役結構。就謂語功能來說，筆者未見「喜1」、「樂1」、「歡」後接賓語用例。而「喜悅」、「喜樂」「悅」、「悅豫」、「悅樂」、「欣豫」、「欣樂」、「歡娛」、「歡悅」、「歡」義叢，在中古佛經裡亦可作及物後接賓語，為使役賓語。在以單音節為主的上古漢語裡，「喜1」、「樂1」本能直接帶使役賓語，若句子的謂語之後帶有表示人

的名詞性賓語，即便構成使役結構，這個賓語稱「悅」則須以介詞「于（於）」引介，用來表示使人喜悅、歡樂之意。邵丹（2006：27）提到：「中古時期中土文獻的句法格式和上古漢語相比也沒有大的變化，主要的發展就是『悅／說』帶使役賓語的用例增多，而且不再像《左傳》需要介詞『于』再接使役賓語。……此外，帶使役賓語的主要是『悅／說』，……。」〔註34〕然而，在同為中古時期的佛經語料，卻有不同的展現。在古譯時代、舊譯前期也仍見少數保留這樣的用法。如：

（例36）今諸所有庫藏珍寶用賜其子。子聞歡喜得未曾有。佛亦如
　　　　是。先現小乘一時 悅 我。然今最後。普令四輩比丘比丘尼
　　　　清信士清信女。天上世間一切人民。顯示本宜。佛權方便說
　　　　三乘耳。（263‧081b）

（例37）唯佛之子。仁之功德不可思議。一切世界悉遍知之。興大變
　　　　化 悅 諸菩薩無極感動（291‧593c）。

在舊譯時期佛經裡，「悅」則和其他喜悅語義場主要成員一樣，多改以「令／使＋（賓語）＋V」格式取代。如：

（例38）彼即言。毘舍離優婆塞瞋。汝往教化令 喜 。時即差使共往。
　　　　（1428‧969a）

（例39）善男子。如來應正遍知。恣汝所問。當隨意答令汝心 喜 。
　　　　（397‧314a）

（例40）益眾伎女綵女娛樂。令太子 悅 不懷憂感。（186‧503b）

〔註34〕關於喜悅語義場成員在上古漢語使役用法的討論，詳參邵丹（2006：46-47），以下轉引其部分句例以便說明。如：

1.《論衡‧論死》：「孔子知之，宜輒修墓，以 喜 魂神。」

2.《左傳‧襄公 25 年》：「欲弒公以 說 （悅）於晉，而不獲間。」

3.《禮記‧祭統》：「君為東上，免而揔干，率其群臣以 樂 皇尸。」

4.《宋書‧周朗沈懷文列傳》：「若乃關奇謀深智之術，無 悅 主狥俗之能，亦不可復稍為卿說。」

從其引例觀察，上古漢語的用例來看，「喜1」、「樂1」可直接後接使役賓語，「悅／說」須以介詞「於」引介，到了中古漢語裡，《宋書》的「悅／說」可以直接帶使役賓語。

（例 41）世尊名聞令渴仰。見佛令人 喜 無窮（669・477a）

（例 42）其心清淨令人 歡喜 。信意樂於佛道無有亂。所作諦恭敬斷諸
　　　　貢高憍慢。

　　　　（323・026c）

（例 43）爾時世尊。晝夜六時。觀察眾生。誰應可度。尋往度之見嚙
　　　　婆羅。失眾伴侶。愁憂困苦。悶絕躄地。尋往坑所而爲説法。
　　　　使令 歡喜 。（200・227b）

（例 44）時牧牛兒來坐聽法。跋難陀釋子。善爲説法。種種方便勸進
　　　　檀越。令大 歡喜 。（1428・846c）

由此可知，中古佛經語料與中土文獻在使役結構反映不同的語言現象，從「悅
／説」爲主進行觀察，筆者推測：由於「于／於」是個古老的介詞，在上古漢
語裡，動詞與賓語間的關係不夠密切時，則藉由「于／於」引介；動詞與賓語
關係密切後，則省略介詞，進而以「使／令」語法結構的出現取代。「悅／説」
在古譯時代的用例，與邵丹所説的「中古漢語的用例增多」則是一種發展較慢
或存古（《宋書》屬書面語，與實際語言已有出入）的現象。

在中古佛經裡，值得注意的是「娛」、「娛樂」：

（例 45）若彼眾生入喜令自 娛樂 。皆是菩薩發令僧安樂。令不信者
　　　　信。（1428・1008c）

（例 46）是時諸發意菩薩。天華天香天不飾華天澤香。皆舉持散菩薩
　　　　上。天上千種諸伎樂持用供養 娛樂 菩薩。如是音樂聲皆説如
　　　　是。（816・812c）

（例 47）譬如幻師持一鏡，現若干種像，若男、若女，若馬、若象，
　　　　若廬館、若浴池，於中示現若干種坐，氍氀、㲪㲪、綩綖、
　　　　帳幔、香華、伎樂、種種食飲之具，以名伎樂 娛樂 眾人（221・
　　　　0130a）

邵丹在（2006：47）分析「娛」字的使役結構時，提到：「在眾多可以帶
使役賓語的表示『喜悅』的詞中，『娛』是一個比較特殊的詞，如果說其他的
詞帶使役賓語是不及物動詞帶賓語這種結構產生的使役義，而『娛』的使役
義應該是它詞義的一部份，『娛』雖然歸入「喜悅」語義場中，但它不像其他

的『喜悅』語義場成員是不及物動詞，它更像是一個及物動詞，它在句中以帶賓語爲常，而且帶的賓語都是使役賓語，所以這種使役義應該是它詞義的一部份，並且形成了很多使役義的詞，如：『娛人、娛心、娛目、娛親、娛賓、娛精、娛意、娛腸、娛情』等等，由『娛』和『樂』同義語素聯合形成的複合詞『娛樂』也有『娛』的這種特點。此外，「娛樂」亦後接代詞性賓語，此即其及物動詞性質的語法特徵，「娛」不接代詞性賓語。如：

（例 48）眾寶莊嚴。敷以寶衣。萬阿僧祇寶像以爲莊嚴。種種妓樂而
　　　　 娛樂 之。有二十八大人之相八十種好。而以莊嚴。身眞金色
　　　　 如明淨日。普照一切（278・709b）

（例 49）時王默然聽臣所諫。王復寬恩勅語諸臣今聽王子著吾服飾天
　　　　 冠威容如吾不異内吾宮裏作倡伎樂共 娛樂 之（212・641b）

由此可知，「娛」、「娛樂」在中古佛經裡的語法特徵與其他成員有明顯不同。

　　除此之外，表「憤怒」義語義場也是重要的使役結構問題討論的範圍。其詞群成員大多爲不及物動詞，如句例 44.～45.。

（例 50）有一男子。遷益倍價。獨得珠去。女人不得。心懷瞋恨。又
　　　　 從請求。復不肯與。心盛遂 怒 。我前諧珠。便來遷奪。又從
　　　　 請求。復不肯與。（154・076b）

（例 51）龍大 忿怒 。身皆火出。佛亦現神。身出火光。（185・481a）

　　由此可知，在漢語情緒心理動詞的歷史演變裡，句法的變化主要體現在使役結構的變化上。「喜愛」、「尊敬」、「憤怒」、「怨恨」、「驚駭懼怕」、「憂苦」在上古就出現句法使役結構，只有「喜悅」語義場到中古才出現句法使役結構，而以詞彙使役結構來表達句子的使役義。

小　結

　　在本章裡，筆者承續第三章與第四章的研究成果，進而探討與中古佛經情緒心理動詞與語義場相關的幾個詞彙問題。

　　首先以「喜悅」、「喜愛」語義場爲例討論中古佛經常用詞，嘗試以更細的翻譯斷代分期，一方面觀察各斷代的詞彙交替，以明其常用詞的交替。

　　其次，討論在中古佛經雙音化及多音節化的問題，瞭解在漢語詞彙發展過

程裡，產生新的詞彙與同一義素擴展，都是雙音節詞及三音節詞並列現象發展頻繁的基礎。

　　接著討論並列式同素異序問題，歸納出在中古佛經裡並列式同素異序的原因，嘗試以聲調、意義、習慣方面去解釋。

　　最後，則是使役動詞問題，這亦是進行漢語情緒心理動詞的歷史演變考察，因為其句法的變化主要便是體現在使役結構的變化上。

第六章　結　論

　　關於心理動詞的研究，學者大多以現代漢語為材料，在古漢語裡少有著墨，即便進行討論，也僅為動詞研究之一章或為單篇小文；在語義場的討論方面，無論在理論與實踐上，要做到周全與細密，具有相當的困難度；佛經語料更是研究古漢語的龐大語料庫，特別是中古時期翻譯語言尚未成熟穩定之際，可作為漢語言研究的重要材料。

　　本論文以「中古佛經情緒心理動詞之研究」為題，便是希望以中古佛經為材料，對「情緒心理動詞」進行研究分析。在前文裡，筆者已經分別從不同的角度切入進行討論，本章是論文的終尾，在前文討論的基礎下，將總結回顧本議題討論過的重點，並提出本文不足及未來應繼續努力的方向。

　　本章的結構安排如下：

6.1 中古佛經情緒心理動詞的特點

6.2 未來研究的展望

以下並分別論述之，以明本文議題之歷史定位及可開創性。

6.1 中古佛經情緒心理動詞的特點

　　胡敕瑞（1999）曾對東漢佛經及中土文獻《論衡》詞語進行分析研究，觀察到佛經語言較中土文獻詞彙更為創新，其中古時期不少詞彙的源頭都可以追

・ 275 ・

溯至佛經；杜翔（2002）以支謙譯經動作義場爲題，證實佛經材料的語料價及口語性質，認爲其義位與中土文獻大致相同，就新出現的義位而言，它們往往比中土文獻早一個節拍，口語價值較突出。

一、可見佛經材料與漢語基本詞彙的雙向運動

從共時性角度觀察，在本文的研究裡，首先觀察詞彙組合形式。由於佛教以外來文化、概念的身份傳入中原，難以在漢語裡找到相應的詞彙。而翻譯的過程裡，一部份以音譯的方式，從原典連音帶義借用，並受到漢語固有格式影響，多音節詞被簡縮爲單音節或雙音節詞，這類詞不屬於本文討論範圍。〔註1〕另一部份是以意譯的方式，利用漢語詞彙表示佛教概念，在本文考察範圍裡，如「歡喜」、「極樂」、「苦痛」、「瞋恚」等，亦出現在中土文獻裡，卻也因爲在佛經裡大量出現，使得帶有宗教色彩，成爲佛教用語。例如：在佛經裡，大量出現表喜悅義的「極樂」，用以表示聽聞／信仰佛法後的喜樂之情，其構詞組合形式日趨緊密，在佛經裡有「極樂」指「佛土」名，即「阿彌陀佛國土」。同樣地，佛經語言亦深深地影響漢語詞彙發展，如憤怒語義場「瞋恚」一詞，在中古佛經普遍運用，在中土文獻最早出現《後漢書·方術列傳》：「又有一郡守篤病久，佗以爲盛怒則差。乃多受其貨而不加功。無何弃去，又留書罵之。太守果大怒，令人追殺佗，不及，因瞋恚，吐黑血數升而愈。」前賢對於詞彙考察的論述甚多，故不多作贅述。然而，亦可得知有不少佛經用語融入漢語詞彙裡，成爲一種雙向運動的發展。

二、各語義場的語法意義各不相同

其次，從語義場的角度說明。從第三章、第四章來看，語義場詞群成員之間的關係密切，就表示心理狀態的語義場而言，筆者分別從正面、負面語義場，次以構詞形式劃分，觀察詞群成員之間的語法功能、概念意義及色彩意義。其中，在語法功能方面，全面討論詞群成員在句子裡擔任的語法角色，主要以述謂功能爲主，觀察其感受者、引起感受對象及對象有無生命等情況，以描寫詞群成員之間的異同。以下主要就各語義場情緒心理動詞擔任述謂功能，與賓語搭配關係進行說明：

〔註1〕 參考梁曉虹（1994：9）說法，提出音譯模式僅是借用漢語的語音，和語義無關。

1. 表「喜悅」義的語義場：就謂語功能來說，筆者未見「喜1」、「樂1」、「歡」後接賓語用例。而多數可作及物後接賓語，且爲使役賓語。「娛樂」和其他成員的語法特徵不同，除僅少數不帶賓語特點外，在中古佛經裡也作後接名詞性賓語的用法，不帶賓語轉爲帶賓語的格式使然。其中，不帶賓語的詞群成員，均亦以後接賓語語法格式爲表「喜愛」義語義場詞群成員。

2. 表「尊敬」義的語義場：均能帶賓語，且以帶賓語爲常，賓語類型單一，爲名詞性賓語。

3. 表「喜愛」義的語義場：大都接賓語，然而，所後接賓語性質不同，亦反映出這些心理動詞間的差異。「喜2」、「愛」後接賓語，其性質可爲有生名詞，亦可接無生名詞賓語，「好」、「嗜」、「樂2」則只可接無生名詞賓語，不可接有生名詞賓語。

4. 表「憤怒」義的語義場：表「憤怒」義語義場的詞群成員，在中古佛經擔任謂語功能之際，後多不接賓語。可接賓語亦可不接賓語。在後接賓語部分，多爲單音節動詞。

5. 表「怨恨」義的語義場：可接賓語亦可不接賓語。在後接賓語部分，多爲單音節動詞，如甚至可帶小句賓語。關於這點，特別要說明的是「怨」、「恨」等單音節詞，在上古漢語爲表示怨恨義的主要成員，在中古佛經裡，便有豐富強大的構詞能力。且由於佛經材料的性質使然，有極多用以表示負面情緒的用法。

6. 表「驚駭懼怕」義的語義場：在中古佛經裡，多不接賓語。

7. 表「憂苦」義的語義場：均可帶賓語。

由上述可知，中古佛經情緒心理動詞大多可帶賓語，其中，正面語義場的用法較不一致，這與表「喜悅」義語義場同一引申「喜愛」語義場有關；而負面語義場部分，在第四章討論之際，筆者發現其詞群成員眾多，構詞活潑，然而其語法功能卻單一，少不接賓語。

三、語義場研究可以藉以瞭解斷代詞彙交替

就構詞角度來看，在中古佛經情緒心理動詞議題裡，筆者嘗試以「喜悅」、「喜愛」語義場爲例，討論中古佛經常用詞的使用情形。筆者嘗試以更細的翻譯斷代分期，一方面觀察各斷代的詞彙交替，以明其常用詞的交替。

本文 5.1 裡，嘗試以觀察表「喜悅」、「喜愛」義語義場的常用詞為切入點，除區別語義場常用詞間語法意義、概念意義及色彩意義之異同之外，並從歷時角度觀察其語義場常用詞的替換及變化。

語義	上古漢語	中古中土文獻	中古佛經	近代漢語	現代漢語
〔喜悅歡樂〕	喜、樂、悅／說、歡	喜、樂、悅／說、歡、安樂、娛樂	喜、歡喜、樂、歡、歡娛、喜歡	高興、開心、樂、喜、歡喜、喜歡
〔喜愛〕	好、愛、悅／說、樂、喜、嗜	喜、樂、愛、好、愛樂、愛念	愛、好	愛、喜歡

筆者發現「喜」、「樂」、「悅」、「歡喜」同時出現在表「喜悅」義及「喜愛」義的語義場。觀察中古佛經語料發現，表「喜悅」語義場的常用詞大多可以引申表「喜愛」義，進入「喜愛」語義場，如「喜」、「樂」、「悅」、「歡喜」在歷時演變過程裡，都循此一引申途徑發展。

筆者嘗試探究其來源用法，發現：其意義引申的途徑是從句法格式改變使然，也就是由不帶賓語進而轉為帶賓語的用法。

總的來說，從中古佛經來看，表「喜愛」義的義位在發展上是從「喜悅」義的義位而來的，這是由於意義引申使然，在句法格式方面，則由不及物轉為及物後接賓語。也因此，「喜悅」、「喜愛」語義場在上古漢語時，之間有詞義區別，句法格式也是互補關係。

四、反映中古漢語雙音化及使役結構產生的語言現象

其次，討論在中古佛經雙音化及多音節化的問題，瞭解在漢語詞彙發展過程裡，產生新的詞彙與同一義素擴展，都是雙音節詞及三音節詞並列現象發展頻繁的基礎。

接著討論並列式同素異序問題，歸納出在中古佛經裡並列式同素異序的原因，嘗試以聲調、意義、習慣方面去解釋。其中，就「仇怨／怨仇」、「喜愛／愛喜」與好喜／喜好」這三組結構，無法以前人所提出的「聲調」說法解釋。在本文討論得知：「仇怨／怨仇」是受到中土文獻用語影響，「喜好／好喜」則從語義分析切入，在第三章「喜悅」、「喜好」語義場裡提到，「喜」可分為「喜1」與「喜 2」，而之間的意義引申乃是藉由不帶賓語轉而後接賓語的句法格式

使然，故「喜」有由情緒轉爲態度的引申途徑，從情緒心理學來看，這是種情感的深化使然。而「好」與「愛」均爲「喜愛」語義場，因此，筆者認爲「喜好／喜愛」乃是「由對於客體的喜悅之情（喜 1→喜 2）進而喜愛的情感（好／喜愛）」。這是受到意義表達層次的影響。

最後，則是使役動詞問題，這亦是進行漢語情緒心理動詞的歷史演變考察，因爲其句法的變化主要便是體現在使役結構的變化上。在觀察「喜悅」、「喜愛」語義場的過程裡，筆者發現：從上古到中古這段時間內，中古佛經在使役結構的分佈情況，大致可以類分爲二：其一爲就表「喜愛」、「尊敬」、「怨恨」、「驚駭懼怕」、「憂苦」語義場部分，其詞群成員均爲及物動詞，當他們後面接人或表示人的名詞性賓語時，是指對象，無法構成詞彙使役結構，然而，在上古時期便可見以「使／令／」構成的句法使役結構。其二，表「喜悅」義語義場到中古漢語才出現句法使役結構。

詞語古今傳承使用，中古佛經情緒心理動詞亦具有其歷史淵源，在第三章、第四章部分，筆者以辭書說解中土文獻句例及意義幫助理解，然而因爲語言使用及歷史演變等因素使然，促使語義產生變化。

而透過本文的研究，除對於中古佛經情緒心理動詞有完整的釐清外，以期對於語義場理論有明確的實踐，並有助於詞典編纂、佛經通讀工作的進行，爲佛經語言學研究略盡棉薄。

五、有助於釐清佛經詞彙在概念意義與色彩意義的獨特表現

在本文的討論過程裡，發現中古佛經情緒心理動詞的色彩意義與中古中土文獻詞彙不盡相同。如：

「悅」構成的詞群成員裡，就其用例來看，「悅樂」在少數句例裡，有「貪著性」的概念意義，因此，其在部分語境裡，如「若以眾生因其愛欲而受律者。輒授愛欲 悅樂 之事。從是已去現其離別。善權方便隨時而化。（565・926a）」爾時此女僞現姿媚愛相。與賊交杯。似自飲酒。勸賊令盡。外現慇懃。妖媚親附。內心與隔。使彼賊心耽惑 悅樂 。不復有疑。（1425・331a）」。「悅樂」與「愛欲」並列，表示「眾生愛欲習氣之屬」。句例 32「此女與彼賊表面親附，內心相隔，希望彼賊得以沈溺悅樂，不起疑心。」表示的是「世俗情愛的快樂」。

以「愛」構成的詞群成員裡，其概念意義爲「喜愛」、「眷戀、依依不捨」

等義素，然而，由於本文寫作是以佛經爲語料，必須兼顧佛經以及一般文獻的語言認知。在中古佛經用例及上下文搭配來看，部分用例會有「貪著」的負面意義。關於這點，由於「愛」乃佛教名相，從佛教思想裡來看，「貪之與愛，名別體同」，意指：五蘊所發而爲五毒，即所謂貪愛貪欲，而需要明心見性以轉毒成不染著的五智，此爲「貪」與「愛」對舉之義。

表「喜愛」語義場的「喜2」與「嗜」詞群裡，都有著與中古中土文獻詞彙色彩截然不同的表現。

本文透過語義場的分析，有助於釐清佛經詞彙與中古中土文獻詞彙色彩意義的異同，並凸顯佛經詞彙在色彩意義的特殊性。

6.2 未來研究展望

本文題爲「中古佛經情緒心理動詞之研究」，旨在針對「中古佛經心理動詞」，以語義場理論爲切入點，進行共時性的觀察，並輔以歷時性的比較。然而，這樣的討論方式，在人力及時間上都有相當的侷限及亟需努力的地方。同時經過論文的討論後，筆者也想藉以提出未來研究的方向。

一、研究主題

筆者認爲以繼續朝向語義場理論切入，逐次以各類動詞爲考察範圍，最終以「動詞」爲題，將「中古佛經動詞」進行完整的剖析探究。

二、可結合歷時性的考察

由於本文偏向共時性的觀察，對於歷時性的比較方面是比較缺乏的，目前相關研究則以北京大學邵丹爲宗，以24經典爲考察範圍。然而，本文是考察中古可信佛經語料，材料更加豐富，因此，可以更進一步地進行歷時性的研究，以期瞭解語義場內外的歷時變化及交替。

三、研究觀點的開拓

歷來對於佛經語言的討論，著重於共時與歷時兩方面，筆者認爲在奠定基礎之後，應可以藉由新的研究觀點去考察佛經語料。所謂的新的研究觀點爲何？筆者以爲可以嘗試由「地域性」作爲劃分條件。怎麼說呢？

李德山、金敏求（2002：36）佛經是佛法的體現與代表，因此中國歷代對

於佛經的翻譯都採取十分嚴肅認眞的態度，把它當成一項神聖的事業來對待。在早期，佛教在中土的影響力有限，所以譯經是個人的事業。所以，早期翻譯佛經的人，由於多是從古印度或西域諸國來的人，他們的漢語程度有限，必須找幾個中國助手協助翻譯。一直到西晉，翻譯佛經的工作仍在民間分散進行。由於譯經需要資經及場地，這些都需要僧侶和信眾籌辦，因此規模不可能太大，且即便能得到勸助者的資助，其資源亦僅以翻譯短篇佛經爲主。西晉以後，佛教受到封建帝王的重視，且加上佛教本身的發展與普及，譯經事業因此得到支持。帝王爲譯經者開闢專門的譯場。也因此，經師的落腳處、學習漢語的地點及其語言，都或多或少影響著譯者。可由經師生平及交遊探討佛經的地域性及翻譯語言。

相信，對於佛經語言研究會有更進一步的掌握才是。

主要參考書目〔註1〕

一、佛經文獻

東漢・支婁迦讖

0313 阿閦佛國經

0626 佛說阿闍世王經

東漢・安世高

0013 長阿含十報法經

0014 佛說人本欲生經

0031 佛說一切流攝守因經

0032 佛說四諦經

0036 佛說本相猗致經

0048 佛說是法非法經

0057 佛說漏分布經

0098 佛說普法義經

0112 佛說八正道經

〔註1〕 主要參考書目類分為五：第一類為佛經文獻，第二類為中土文獻，第三類為專著（類分為佛教研究專著、語言學研究專著兩類），第四類為單篇論文，第五類為學術論文。其中，佛經文獻依年代、作者排序，編號依據《大正新修大藏經總目錄》，中土文獻按照年代、專著及論文以作者筆劃先後排列順序。

150A 佛說七處三觀經

0602 佛說大安般守意經

0603 陰持入經

0607 道地經

吳・支謙

0054 佛說釋摩男本四子經

0068 佛說賴吒和羅經

0076 梵摩渝經

0169 佛說月明菩薩經

0185 佛說太子瑞應本起經

0198 佛說義足經

0200 撰集百緣經

0225 大明度經

0281 佛說菩薩本業經

0362 佛說阿彌陀三耶三佛薩樓佛檀過度人道經

0474 佛說維摩詰經

0493 佛說阿難四事經

0532 私呵昧經

0533 菩薩生地經

0556 佛說七女經

0557 佛說龍施女經

0559 佛說老女人經

0581 佛說八師經

0632 佛說慧印三昧經

0708 了本生死經

0735 佛說四願經

1011 佛說無量門微密持經

吳・竺律炎

0129 佛說三摩竭經

吳・康僧會

0152 六度集經

西晉・法立

0023 大樓炭經

0211 法句譬喻經

0683　佛說諸德福田經

西晉・法炬

0034　法海經

0215　佛說群牛譬經

0500　羅云忍辱經

西晉・竺法護

0135　佛說力士移山經

0154　生經

0168　佛說太子沐魄經

0170　佛說德光太子經

0180　佛說過去世佛分衛經

0182　佛說鹿母經

0186　佛說普曜經

0199　佛五百弟子自說本起經

0222　光讚經

0263　正法華經

0266　佛說阿惟越致遮經

0274　佛說濟諸方等學經

0285　漸備一切智德經

0288　等目菩薩所問三昧經

0291　佛說如來興顯經

0310　密跡金剛力士經

0310　寶髻菩薩所問經

0315　佛說普門品經

0317　佛說胞胎經

0318　文殊師利佛土嚴淨經

0323　郁迦羅越問菩薩行經

0324　佛說幻士仁賢經

0334　佛說須摩提菩薩經

0337　佛說阿闍貰王女阿術達菩薩經

0338　佛說離垢施女經

0342　佛說如幻三昧經

0345　慧上菩薩問大善權經

0349　彌勒菩薩所問本願經

0378 佛說方等般泥洹經

0381 等集眾德三昧經

0395 佛說當來變經

0398 大哀經

0399 寶女所問經

0401 佛說無言童子經

0403 阿差末菩薩經

0425 賢劫經

0433 佛說寶網經

0435 佛說滅十方冥經

0459 佛說文殊悔過經

0460 佛說文殊師利淨律經

0461 佛說文殊師利現寶藏經

0477 佛說大方等頂王經

0481 持人菩薩經

0496 佛說大迦葉本經

0513 佛說琉璃王經

0534 佛說月光童子經

0558 佛說龍施菩薩本起經

0565 順權方便經

0567 佛說梵志女首意經

0569 佛說心明經

0585 持心梵天所問經

0588 佛說須眞天子經

0589 佛說魔逆經

0598 佛說海龍王經

0606 修行道地經

0623 佛說如來獨證自誓三昧經

0635 佛說弘道廣顯三昧經

0636 無極寶三昧經

0736 佛說四自侵經

0737 所欲致患經

0770 佛說四不可得經

0809 佛說乳光佛經

0810　諸佛要集經

0811　佛說決定總持經

0812　菩薩行五十緣身經

0813　佛說無希望經

0815　佛昇忉利天爲母說法經

0817　佛說大淨法門經

西晉・白法祖

0005　佛般泥洹經

西晉・無羅叉

0221　放光般若經

西晉・支法度

0527　佛說逝童子經

西晉・聶承遠

0638　佛說超日明三昧經

西晉・安法欽

0816　佛說道神足無極變化經

東晉・法顯

0007　大般涅槃經

0745　佛說雜藏經

東晉・竺曇無蘭

0538　佛說呵鵰阿那鋡經

東晉・竺難提

0310　大乘方便經（卷 106～108）

東晉・佛陀跋陀羅

0296　文殊師利發願經

0643　佛說觀佛三昧海經

0666　大方等如來藏經

1012　佛說出生無量門持經

1425　摩訶僧祇律

1426　摩訶僧祇律大比丘戒本

0278　大方廣佛華嚴經

前涼・支施崙

0329　佛說須賴經

後秦・鳩摩羅什

0201 大莊嚴論經

0208 眾經撰雜譬喻

0223 摩訶般若波羅蜜經

0227 小品般若波羅蜜經

0235 金剛般若波羅蜜經

0262 妙法蓮華經

0286 十住經

0307 佛說莊嚴菩提心經

0310 菩薩藏經

0366 佛說阿彌陀經

0389 佛垂般涅槃略說教誡經

0420 自在王菩薩經

0453 佛說彌勒下生經

0454 佛說彌勒下生成佛經

0464 文殊師利問菩提經

0475 維摩詰所說經

0482 持世經

0484 不思議光菩薩所說經

0586 思益梵天所問經

0613 禪祕要法經

0614 坐禪三昧經

0615 菩薩訶色欲法經

0616 禪法要解

0625 大樹緊那羅王所問經

0650 諸法無行經

0653 佛藏經

0657 佛說華手經

1436 十誦比丘波羅提木叉戒本

1509 大智度論

1521 十住毘婆沙論

1564 中論

1568 十二門論

1569 百論

1646 成實論

2046 馬鳴菩薩傳

2047 龍樹菩薩傳

2048 提婆菩薩傳

後秦・竺佛念

0212 出曜經

0309 最勝問菩薩十住除垢斷結經

0384 菩薩從兜術天降神母胎說廣普經

0385 中陰經

0656 菩薩瓔珞經

1464 鼻奈耶律

後秦・佛陀耶舍

0405 虛空藏菩薩經

1430 四分僧戒本

1428 四分律

0001 長阿含經

後秦・曇摩耶舍

0566 樂瓔珞莊嚴方便品經

1548 舍利弗阿毘曇論

後秦・鳩摩羅佛提

1505 四阿鋡暮抄解

後秦・僧伽提婆

1506 三法度論

0125 增一阿含經

1543 阿毘曇八犍度論

後秦・僧伽跋澄

1547 鞞婆沙論

1549 尊婆須蜜菩薩所集論

0194 僧伽羅剎所集經

西秦・聖堅

0175 睒子經

0744 佛說除恐災患經

北涼・曇無讖

0157 悲華經

0374 大般涅槃經

0663 金光明經

1488 優婆塞戒經

1500 菩薩戒本

1581 菩薩地持經

0387 大方等無想經（大雲經）

北涼・釋道龔

0310 寶梁經（卷 113～114）

北涼・道泰

1577 大丈夫論

1634 入大乘論

宋・求那跋陀羅

0099 雜阿含經

0120 央掘魔羅經

0189 過去現在因果經

0270 大法鼓經

0353 勝鬘師子吼一乘大方便方廣經

0368 拔一切業障根本得生淨土神咒

0462 大方廣寶篋經

0670 楞伽阿跋多羅寶經

0678 相續解脫地波羅蜜了義經

0679 相續解脫如來所作隨順處了義經

宋・求那跋摩

1582 菩薩善戒經

1583 菩薩善戒經

1672 龍樹菩薩爲禪陀迦王說法要偈

宋・沮渠京聲

0452 佛說觀彌勒菩薩上生兜率天經

0512 佛說淨飯王般涅槃經

0620 治禪病祕要法

宋・智嚴

0268 佛說廣博嚴淨不退轉輪經

宋・畺良耶舍

0365 佛說觀無量壽佛經

宋・曇摩蜜多

0277 佛說觀普賢菩薩行法經

0407 虛空藏菩薩神咒經

0409 觀虛空藏菩薩經

宋・功德直

0414 菩薩念佛三昧經

1014 無量門破魔陀羅尼經

宋・寶雲

1093 佛本行經

0397 無盡意菩薩經

宋・曇無竭

0371 觀世音菩薩授記經

宋・先公

0640 佛說月燈三昧經

宋・僧伽跋摩

0723 分別業報略經

1441 薩婆多部毘尼摩得勒伽

1552 雜阿毘曇心論

1673 勸發諸王要偈

宋・佛陀什

1422 五分比丘戒本

齊・曇摩伽陀耶舍

0276 無量義經

齊・僧伽跋陀羅

1462 善見律毘婆沙

梁・曼陀羅仙

0232 文殊師利所說摩訶般若波羅蜜經

0658 寶雲經

0659 大乘寶雲經

梁・僧伽婆羅

0233 文殊師利所說般若波羅蜜經

0314 佛說大乘十法經

0358 度一切諸佛境界智嚴經

0984 孔雀王咒經

1648 解脫道論

陳・真諦

0097 廣義法門經

0237 金剛般若波羅蜜經

0669 佛說無上依經

0677 佛說解節經

1461 律二十二明了論

1482 佛阿毘曇經出家相品

1528 涅槃經本有今無偈論

1529 遺教經論

1584 決定藏論

1587 轉識論

1589 大乘唯識論

1595 攝大乘論釋

1616 十八空論

1617 三無性論

1633 如實論反質難品

1641 隨相論（解十六諦義）

1644 佛說立世阿毘曇論

1647 四諦論

1656 寶行王正論

1669 大宗地玄文本論

2137 金七十論

北魏・吉迦夜

0203 雜寶藏經

0308 佛說大方廣菩薩十地經

1632 方便心論

北魏・佛陀扇多

0310 無畏德菩薩經（卷99）

0835 如來師子吼經

1344 金剛上味陀羅尼經

1496 佛說正恭敬經

1592 攝大乘論

北魏・菩提流支

0236 金剛般若波羅蜜經

0272 大薩遮尼乾子所說經

0440 佛說佛名經

0465 伽耶山頂經

0470 佛說文殊師利巡行經

0573 差摩婆帝授記經

0575 大方等修多羅王經

0587 勝思惟梵天所問經

0668 佛說不增不減經

0671 入楞伽經

0761 佛說法集經

0828 無字寶篋經

0831 謗佛經

0832 佛語經

1028 Ａ佛說護諸童子陀羅尼經

1511　金剛般若波羅蜜經論

1522 十地經論

1523 大寶積經論

1524 無量壽經優波提舍經論

1525 彌勒菩薩所問經論

1531 文殊師利菩薩問菩提經論

1532 勝思惟梵天所問經論

1572 百字論

北魏・曇摩流支

0357 如來莊嚴智慧光明入一切佛境界經

北魏・月婆首那

0310 摩訶迦葉經（卷88～89）

0423 僧伽吒經

0231 勝天王般若波羅蜜經

北魏・瞿曇般若流支

0162 金色王經

0339 得無垢女經

0341 聖善住意天子所問經

0354 毘耶娑問經

0421 奮迅王問經

0578 無垢優婆夷問經

0645 不必定入定印經

0721 正法念處經

0823 佛說一切法高王經

0833 第一義法勝經

1460 解脫戒本

1573 一輸盧迦論

北魏・毘目智仙

1526 寶髻經四法憂波提舍

1608 業成就論

北齊・那連提耶舍

0310 菩薩見實三昧經

0380 大悲經

0397 大方等大集月藏經（卷46～56）

0397 大乘大集須彌藏經（卷57～58）

0639 月燈三昧經

0702 佛說施燈功德經

0989 大雲輪請雨經

1551 阿毘曇心論經

北齊・萬天懿

1343 尊勝菩薩所問一切諸法入無量門陀羅尼經

北周・耶舍崛多

1070 佛說十一面觀世音神咒經

北周・闍那崛多

1337 種種雜咒經

二、中土文獻

1. 《論衡校釋》，〔東漢〕王充著，黃暉校釋，北京，中華書局，1980。

2. 《世說新語箋疏》，〔劉宋〕劉義慶著，余嘉錫箋疏，北京，中華書局，1998。

3. 《出三藏記集》，〔梁〕僧祐著，北京，中華書局，2003。

4. 《宋書》，〔梁〕沈約著，北京，中華書局，1981。

5. 《三國志》，〔西晉〕陳壽著，〔劉宋〕裴松之注，北京，中華書局，1982。

6. 《搜神記》，〔東晉〕干寶著，北京，中華書局，1981。

7. 《顏氏家訓集解》，〔北齊〕顏之推著，王利器集解，北京，中華書局，1993。

8. 《開元釋教錄》，〔唐〕智昇著，陳士強編，上海，上海古籍出版社，2008（收錄於《藏經總目提要‧文史藏》）。

三、專 著

（一）佛教研究論著

1. 丁福保，1921，《佛學大辭典》，台北，財團法人佛陀教育基金會，2005。

2. 小野玄妙著、楊白衣譯，1983，《佛教經典總論》，台北，新文豐出版公司。

3. 呂澂，1980，《新編漢文大藏經目錄》，濟南，齊魯書社。

4. 任繼愈主編，1981，《中國佛教史（第一卷）》，北京，中國科學出版社。

5. 任繼愈主編，1985，《中國佛教史（第二卷）》，北京，中國科學出版社。

6. 任繼愈主編，1988，《中國佛教史（第三卷）》，北京，中國科學出版社。

7. 李映輝，2004《唐代佛教地理研究》，長沙，湖南大學出版社。

8. 李富華、何梅，2003，《漢文佛教大藏經研究》，北京，宗教文化出版社。

9. 新文豐出版公司編輯部編，1932，《大正新修大藏經》，台北，新文豐出版公司（1987年修訂版）。

10. 藍吉富，1997，《佛教史料學》，台北，東大圖書公司。

（二）語言研究論著

1. 清‧馬建忠，1898，《馬氏文通》，北京，商務印書館（2000年版）。

2. 〔日〕太田辰夫著，1987，蔣紹愚、徐昌華譯《中國語歷史文法》，北京，北京大學出版社。

3. 〔日〕志村良治著，江藍生、白維國譯，1995，《中國中世語法史研究》，北京，中華書局。

4. 方一新，1997，《東漢魏晉南北朝史書詞語箋釋》，合肥，黃山書社。

5. 毛運明，1999，《左傳詞彙研究》，四川，西南師範大學出版社。

6. 王力，1943，《中國現代語法》，北京，商務印書館，1985。

7. 王力，1950，《中國語法理論》，濟南，山東教育出版社，1990。

8. 王力，1958，《漢語語法史》，濟南，山東教育出版社，1990。

9. 王力，1958，《漢語史稿》，濟南，山東教育出版社，1988。

10. 王鍈，1986，《詩詞曲語辭例釋（增訂本）》，北京，中華書局（第二版）。

11. 王鍈，1990，《唐宋筆記語詞匯釋》（修訂本），北京，中華書局。

12. 王文顏，1984，《佛典漢譯之研究》，台北，天華出版公司。

13. 王文顏，1993，《佛典重譯經研究與考錄》，台北，文史哲出版社。

14. 石安石，1993，《語義論》，北京，商務印書館。

15. 伍宗文，2001，《先秦漢語複音詞研究》，成都，巴蜀書社。

16. 曲守約，1972，《中古詞語考釋續編》，台北，藝文印書館。

17. 朱慶之，1992，《佛典與中古漢語詞彙研究》，台北，文津出版社。

18. 朱慶之，2009，《佛教漢語研究》，北京，商務印書館。

19. 何樂士，1992，《古漢語語法及其發展》，北京，語文出版社。

20. 江藍生，1988，《魏晉南北朝小說詞語匯釋》，北京，語文出版社。

21. 吳福祥，1996，《敦煌變文語法研究》，長沙，岳麓書社。

22. 呂叔湘，1942，《中國文法要略》，北京，商務印書館（1982 版）。

23. 呂叔湘，1953《漢語語法分析問題》，北京，商務印書館（1979 年）。

24. 呂叔湘，1979，《漢語語法分析問題》，北京，商務印書館。

25. 呂叔湘，1980，《現代漢語八百詞》，北京，商務印書館。

26. 呂叔湘，1982，《中學教學語法系統提要（試用）》，北京，北京人民教育出版社。

27. 呂叔湘，1985，《近代漢語指代詞》，上海，學林出版社。

28. 呂叔湘，1995，《漢語語法論文集》，北京，商務印書館。

29. 呂叔湘等著、馬慶株編，1999，《語法研究入門》，北京，商務印書館。

30. 李宗江，1999，《漢語常用詞演變研究》，北京，漢語大詞典出版社。

31. 李佐豐，2003，《先秦漢語實詞》，北京，北京廣播學院出版社。

32. 李維琦，1993，《佛經釋詞》，長沙，岳麓出版社。

33. 李維琦，1999，《佛經續釋詞》，長沙，岳麓出版社。

34. 李維琦，2004，《佛經詞語彙釋》長沙，湖南師範大學出版社。

35. 李臨定，1992，《現代漢語動詞》，北京，中國社會科學出版社。

36. 汪維輝，2000，《東漢——隋常用詞演變研究》，南京，南京大學出版社。

37. 孟琮等，1987，《動詞用法詞典》，上海，上海辭書出版社。

38. 林杏光、王玲玲、孫德金編，1994，《現代漢語動詞大詞典》，北京，北京語言學院出版社。

39. 易孟醇，1989，《先秦語法》，長沙，湖南教育出版社。

40. 竺家寧，1996，《早期佛經詞彙研究，西晉佛經詞彙研究》，國科會專題計畫。

41. 竺家寧，1998，《早期佛經詞彙研究，三國時代佛經詞彙研究》，國科會專題計畫。

42. 竺家寧，1999a，《早期佛經詞彙研究，東漢佛經詞彙研究》，國科會專題計畫。

43. 竺家寧，1999b，《漢語詞彙學》，台北，五南圖書出版公司。

44. 竺家寧，2005，《佛經語言初探》，台北，橡樹林文化。

45. 竺家寧，2008，《中古漢語詞義的義素分析》，國科會專題計畫。

46. 俞理明，1993，《佛經文獻語言》，成都，巴蜀書社。

47. 姚永銘，2002，《慧琳音義語言研究》，高雄縣，佛光山文教基金會（今收錄於《法藏文庫》，第 64 冊）。

48. 柳士鎮，1992，《魏晉南北朝歷史語法》，南京，南京大學出版社。

49. 胡敕瑞，2002，《論衡與東漢佛典詞語比較研究》，高雄，佛光山文教基金會（今收錄於《法藏文庫》，第 69 冊）。

50. 胡裕樹、范曉，1995，《動詞研究》，開封，河南大學出版社。

51. 胡裕樹、范曉，1996，《漢語研究綜述》，太原，山西高校聯合出版社。

52. 范曉、杜高印、陳光磊，1987，《漢語動詞概述》，上海，上海教育出版社。

53. 徐時儀，1997，《慧琳音義研究》，上海，上海社會科學院出版社。

54. 徐通鏘，1999a，《共性與個性——漢語語言學中的爭議》，北京，北京語言文化大學。

55. 徐通鏘，1999b，《語言論——語義型語言的結構原理和研究方法》，長春，東北師範大學出版社。

56. 徐適端，2002，《韓非子單音動詞語法研究》，成都，巴蜀書社。

57. 張相，1955，《詩詞曲語辭匯釋》（上、下冊），北京，中華書局（第三版）。

58. 張猛，2003，《左傳謂語動詞研究》，北京，語文出版社。

59. 張遠，1986，《古漢語特殊句法淺說》，福州，福建教育出版社。

60. 張靜，1987，《漢語語法問題》，北京，中國社會科學出版社。

61. 張全眞，2002，《法顯傳與巡禮記語法比較研究》，高雄，佛光山文教基金會（今收錄於《法藏文庫》第 61 冊）。

62. 張志公，1953，《漢語語法常識》，上海，上海教育出版社。

63. 張志公，1982，《現代漢語》（上、中、下）北京，人民教育出版社。

64. 張志毅、張慶雲著，2001，《詞彙語義學》，北京，商務印書館。

65. 張美蘭，1998，《禪宗語言概論》，台北，五南出版社。

66. 張振德、宋子然，1995，《「世說新語」語言研究》，成都，巴蜀書社。

67. 張聯榮，1997，《漢語詞彙的流變》，鄭州，大象出版社。

68. 梁曉虹，1994，《佛教詞語的構造與漢語詞彙的發展》，北京，北京語言學院出版社。

69. 梁曉虹，2002，《漢魏六朝佛經意譯詞研究》，高雄，佛光山文教基金會（今收錄於《法藏文庫》，第 67 冊）。

70. 梁曉虹、徐時儀、陳五雲，2005，《佛經音義與漢語詞彙研究》，北京，商務印書館。

71. 許理和，1998，《佛教征服中國》，南京，江蘇人民出版社（2005 年版）。

72. 郭大方，1994，《現代漢語動詞分類詞典》，吉林，教育出版社。

73. 陳文杰，2002，《早期漢譯佛典語言研究》，高雄縣，佛光山文教基金會（今收錄於《法藏文庫》，第 70 冊）。

74. 陳光磊，1994，《漢語詞法論》，上海，學林出版社。

75. 陳秀蘭，2002，《敦煌變文詞彙研究》，成都，四川民族出版社。

76. 陳秀蘭，2008，《魏晉南北朝文與漢文佛典語言比較研究》，北京，中華書局。

77. 陳承澤，1922，《國文法草創》，北京，商務印書館（1982 年版）。

78. 陳昌來，2002，《二十世紀的漢語語法學》，太原，書海出版社。

79. 陳昌來，2002，《現代漢語動詞的句法語義屬性研究》，上海，學林出版社。

80. 陸善采，1993，《實用漢語語義學》，上海，新華書店。

81. 陳蒲清，2001，《文言今譯學》，長沙，岳麓書社。

82. 程湘清編，1992，《先秦漢語研究》，濟南，山東教育出版社。

83. 程湘清編，1992，《兩漢漢語研究》，濟南，山東教育出版社。

84. 程湘清編，1992，《隋唐五代漢語研究》，濟南，山東教育出版社。

85. 程湘清編，1992，《魏晉南北朝朝漢語研究》，濟南，山東教育出版社。

86. 黃伯榮，1998，《動詞分類和研究文獻目錄總覽》，北京，高等教育出版社。

87. 馮勝利，1997，《漢語的韻律、詞法與句法》北京，北京大學出版社。。

88. 楊合鳴，1992，《詩經句法研究》，武昌，武漢大學出版社。

89. 楊成凱，1996，《漢語語法理論研究》，瀋陽，遼寧教育出版社。

90. 楊伯峻，1998，《古今漢語詞類通解》，北京，北京出版社。

91. 楊伯峻、何樂士，1992，《古漢語語法及其發展》，北京，語文出版社。

92. 董志翹，2002，《入唐求法巡禮行記詞彙研究》，高雄縣，佛光山文教基金會（今收錄於《法藏文庫》第 68 冊）。

93. 董秀芳，2002，《詞彙化，漢語雙音詞的衍生和發展》，成都，四川民族出版社。

94. 賈彥德，1992，《漢語語義學》，北京，北京大學出版社。

95. 廖序東，1995，《楚辭語法研究》，北京，語文出版社。

96. 廖序東、黃伯榮編，1979，《現代漢語》，蘭州，甘肅人民出版社。

97. 劉堅，1998，《二十世紀的中國語言學》，北京，北京大學出版社。

98. 劉世儒，1965，《魏晉南北朝量詞研究》，北京，中華書局。

99. 蔣紹愚，1989，《古漢語詞彙綱要》，北京，北京大學出版社。

100. 蔣紹愚，1994，《近代漢語研究概況》，北京，北京大學出版社。

101. 蔣紹愚，2000，《漢語詞彙語法史論文集》，北京，商務印書館。

102. 蔣禮鴻，1997，《敦煌變文字義通釋（增補定本)》，上海，上海古籍出版社。

103. 魯川編，1994，《動詞大詞典》，北京，中國物資出版社。

104. 黎錦熙，1924，《新著國語文法》，北京，商務印書館（1954 年版）。

105. 蕭紅，2002，《洛陽伽藍記句法研究》，高雄，佛光山文教基金會（今收錄於《法藏文庫》，第 63 冊）。

106. 顏洽茂，1992《魏晉南北朝佛經詞彙研究》，高雄，佛光山文教基金會（今收錄於《法藏文庫》第 64 冊）。

107. 蘇清守，2010，《人生基本活動語詞彙釋——國語、閩語、客語對列通用》，台北，文鶴出版社。

四、單篇論文

1. 〔蘇〕謝・葉・雅洪托夫，1986，〈七至十三世紀的漢語書面和口語〉，《語文研究》，1986.4，頁 56～61。

2. 丁邦新，1969，〈國語中雙音節並列語兩成分間的聲調關係〉，《慶祝李方桂先生六十五歲論文集》，《史語所集刊》39.2，頁 155～174。

3. 丁邦新，1975，〈論語，孟子、及詩經中並列語成分之間的聲調關係〉，《歷史語言研究所集刊》47.1：頁 17～52。

4. 方一新，1998，〈從「漢語大詞典」看大型歷史性語文詞典取證舉例方面的若干問題〉，《漢語史研究集刊》（上冊）。

5. 方一新、王云路，1994，〈讀《佛典與中古漢語詞彙研究》〉，《古漢語研究》1 期，頁 11～16。

6. 方云云，2010，〈近代漢語「脖子語義場」主導詞的歷史演變〉，《安徽農業大學學報》（社會科學版），頁 86～89。

7. 王一平，1994，〈從遭受類動詞所帶賓語的情況看遭受類動詞的特點〉，《語文研究》，1994.4，頁 28～33。

8. 王紅斌，1998，〈絕對程度副詞與心理動詞組合後所出現的程度義空範疇〉，《煙台師範學院學報》（哲社版），頁 63～70。

9. 王紅斌，2001，〈謂賓心理動詞與其後的非謂動詞所表動作的語義所指〉，《鹽城師範學院學報》（人文社會科學版），2001.5，頁 87～90。

10. 王紅斌，2002，〈現代漢語心理動詞的範圍和類別〉，《晉東南師範專科學校學報》2002.8，頁 62～64。

11. 王紅斌，2004，〈包含名賓心理動詞的事件句和非事件句〉，《南京師大學報》（社會科學版）2004.3，頁 139～144。

12. 王紅廠，2004，〈近十年心理動詞研究綜述〉，《青海師專學報》（教育科學）2004.3，頁 98～102。

13. 白硯，1998，〈淺析心態動詞的使動用法〉，《河南大學學報》（社會科學版）1998.11，頁 87～88。

14. 朱慶之，1990，〈試論漢魏六朝佛典裡的特殊疑問詞〉《語言研究》，1990.1，頁 75～82、117。

15. 朱慶之，1993，〈漢譯佛典語文中的原典影響初探〉，《中國語文》，1993.5，頁 379 ～385。

16. 朱慶之，2001，〈佛教混合漢語初論〉，《語言學論叢》第二十四輯，北京，商務 印書館，頁 1～33。

17. 朱慶之、朱冠明，2006〈佛典與漢語語法研究──20 世紀國內佛教漢語研究回顧 之二〉《漢語史研究集刊》第九輯，成都，巴蜀書社，頁 413～459。

18. 何樂士，1992a，〈《史記》，語法特點研究──從《左傳》與《史記》的比較看《史記》語法的若干特點〉，《兩漢漢語研究》，濟南，山東教育出版社，頁 86～178。

19. 何樂士，1992b，〈敦煌變文與《世說新語》若干語法特點的比較〉《隋唐五代漢語研究》，濟南，山東教育出版社，頁 133～268。

20. 呂叔湘，1977，〈通過對比方法研究語法〉《語言教學與研究》，1977.2。

21. 呂叔湘，1978，〈漫談語法研究〉《中國語文》，1978.1。

22. 李佐豐，1983，〈先秦漢語的自動詞及其使動用法〉，《語言學論叢》第十輯，北京，商務印書館，頁 117～144。

23. 李佐豐，1995，〈先秦漢語動詞的功能與義場〉《浙江廣播電視高等專科學校學報》，頁 61～67。

24. 李維琦，2002，〈《佛經釋詞》再續〉，《漢語史學報》第二輯，上海，上海教育出版社，頁 154～158。

25. 李昱穎，2004，〈五十年來敦煌文獻語法研究述評〉，《漢學研究通訊》，頁 38～46。

26. 李昱穎，2006，〈古譯時代佛經心理動詞之詞義研究〉，《語言學探索──竺家寧先生六秩壽慶論文集》，頁 117～126。

27. 李峻鍔，1988，〈古白話界說與近代漢語上限的探索〉，《上海師範大學學報》，1988.3，頁 120～125。

28. 李啟文，1985，〈古漢語心理動詞所帶的賓語〉，《中國語文》，1985.6，頁 447～451。

29. 辛嶋靜志，1997，〈漢譯佛典的語言研究〉，《俗語言研究》，第四期，頁 29～49。

30. 辛嶋靜志，1998，〈漢譯佛典的語言研究（二）〉，《俗語言研究》，第五期，頁 47 ～57。

31. 周玟慧，2006，〈異序詞研究與對外漢語教學〉，《華語文教學研究》3：2，頁 55 ～70。

32. 周玟慧，2007，〈並列式雙音異序結構管窺〉，《東海中文學報》第 19 期，頁 321 ～344。

33. 周祖謨，1980，〈漢語發展的歷史〉，《中國語文研究》，（香港）創刊號。

34. 周有斌、邵敬敏，1993，〈漢語心理動詞及其句型〉，《語文研究》，1993.3，頁 32 ～36。

35. 周遲明，1958，〈漢語的連動性複式動詞〉，《語言研究》2 期，頁 23～85。

36. 季羨林，1948，〈浮圖與佛（附英譯文）〉，《季羨林佛教學術論文集》，台北，東

初出版社，頁 1～36。

37. 季羨林，1985，〈原始佛教的語言問題〉(附英譯文)》，《季羨林佛教學術論文集》，台北，東初出版社，頁 55～90。

38. 季羨林，1989，〈再談浮圖與佛〉，《季羨林佛教學術論文集》，台北，東初出版社，頁 37～54。

39. 易洪川，1996，〈愛恨類動詞的名動後續成分論析──兼論小句作賓語的標準〉，《湖北大學學報》，(哲學社會科學版) 1996.2，頁 105～110。

40. 武振玉，1997，〈《入唐求法巡禮行記》中所見的語法成分〉，《古漢語研究》，1997.4，頁 21～26。

41. 武振玉，2002，〈魏晉六朝漢譯佛經中的同義連用總括範圍副詞初論〉，《吉林大學社會科學學報》7：123～128。。

42. 竺家寧，1996，〈論佛經語言學的重要性〉，《香光莊嚴》48，頁 6～13。

43. 竺家寧，1997，〈西晉佛經並列詞之內部次序與聲調的關係〉，《中正中文學術年刊》，頁 41～69。

44. 竺家寧，1998a，〈西晉佛經詞彙之並列結構〉，《中正中文學術年刊》第 2 期，頁 87～114。

45. 竺家寧，1998b，〈認識佛經的一條新途徑〉，《香光莊嚴》55 期，頁 6～13。

46. 竺家寧，1998c，〈佛經語言學的研究現況──有關「佛經語言學」的研究專書與論文〉，《香光莊嚴》55 期，頁 14～29。

47. 竺家寧，1999a，〈佛經詞彙中的同素異序現象〉，The Eleventh North，American Conference on Chinese Linguistics (NACCL-11)，Harvar University，USA.，頁 18～20。

48. 竺家寧，1999b，〈從早期佛經看幾個中古漢語詞彙問題〉，Eight Annual，Meeting of the International Association of Chinese，Linguistics (IACL-8)，The University Melbourne，Australia，頁 5～7。

49. 竺家寧，2000，〈佛經構詞的三音節同義並列現象〉，紀念王力先生百年誕辰語言學學術國際研討會，北京大學，頁 14～16。

50. 竺家寧，2004，〈佛經中幾組複合詞的訓詁問題〉，第二屆中國文字學國際學術研討會，湖北，荊門，頁 1～9。

51. 竺家寧，2008a，〈早期佛經詞義的義素研究──與「觀看」意義相關的動詞分析〉NACCL-20. 2008. Volume 1,he Ohio State University. 頁 437～454。

52. 竺家寧，2008b，〈中古佛經詞彙的義素分析〉，漢語歷史詞彙與語義演變學術研討會，浙江大學，杭州，頁 1～10。

53. 竺家寧，2009，〈中古漢語以「洗」字為中心語素的語意場〉，NACCL-21.Bryant University,Rhode Island，頁 1～13。

54. 竺家寧、李昱穎，2005，〈台灣中古漢語研究成果綜述〉，《中古漢語研究 (二)》北京：商務印書館，頁 91～106。

55. 帥志嵩、譚代龍編，2001，〈佛教文獻語言研究論著目錄 1980～2000〉，《漢語史研究集刊》，頁 443～455。

56. 胡敕瑞，2005，〈從隱含到呈現——試論中古詞彙的一個本質變化〉，《語言學論叢》第 31 輯，北京，商務印書館，頁 1～21。

57. 胡湘榮，1994，〈鳩摩羅什同支謙、竺法護譯經中語詞的比較〉，《古漢語研究》第 2 輯，頁 75～79，21。

58. 胡湘榮，1994，〈鳩摩羅什同支謙、竺法護譯經中語詞的比較（續）〉，《古漢語研究》第 3 輯，頁 82～86。

59. 范利、梅晶，2007，〈漢語心理動詞研究綜述〉，《湖南科技學院學報》5 期，頁 110～112。

60. 郭錫良，1994〈先秦漢語構詞法的發展〉，《漢語史論集》北京，商務印書館（1997），頁 131～135。

61. 唐鈺明，1993，〈利用佛經材料考察漢語詞彙語法札記〉，《中山大學學報》，1993.4，頁 91～94、130。

62. 郝，林，1999，〈動詞受程度副詞修飾的認知解釋〉，《佳木斯大學社會科學學報》，1999.5，頁 40～42。

63. 高名凱，1990，〈唐代禪家語錄所見的語法成分〉，《高名凱語言學論文集》，北京，商務印書館，頁 134～163。

64. 高婉瑜，2005，〈從語義場看佛教傳入中國——以喜怒哀樂詞爲例〉，《玄奘人文學報》5 期，頁 91～115。

65. 張，猛，2002，〈馬建忠「止詞」定義的二重性和古漢語動詞研究〉，《漢語史研究集刊》第五輯，成都，巴蜀書社，頁 65～81。

66. 張幼軍，1998，〈反向心理動詞初探〉，《湖南師範大學社會科學學報》，1998.12，頁 123～126。

67. 張全生，2001，〈現代漢語心理活動動詞的界定及相關句型初探〉，《語言與翻譯》（漢文），2001.2，頁 6～10。

68. 張京魚，2001，〈漢語心理動詞及其句式〉，《唐都學刊》，2001.1，頁 112～115。

69. 張建理，2000，〈詞義場‧語義場‧語義框架〉，《浙江大學學報》（人文社科版）2000.3，頁 112～117。

70. 張家合，2007，〈試論古漢語心理動詞研究〉，《學術論壇》6 期，頁 183～185。

71. 張積家、陸愛桃，2007，〈漢語心理動詞的組織和分類研究〉，《華南師範大學學報》（社會科學版）2，頁 117～123。

72. 曹秀華，2002，〈三國漢譯佛經的特點及其價值研究述評〉《湖南輕工業高等專科學校學報》第 14 卷第 1 期，頁 72～74。

73. 梁啓超，1978，《佛教與中國文學》（張曼濤主編，現代佛教學術叢刊 19，大乘文化出版社），頁 345～382。

74. 梅，晶，2007，〈魏晉南北朝小說中程度副詞修飾心理動詞之考察——兼與先秦

比較〉，《韶關大學學報》，頁 73～75。

75. 梁曉虹，1992，〈佛教與漢語〉，《中國語文通訊》19 期，頁 15～22。

76. 陳克炯，2000，〈先秦「負面心理動詞」的述謂功能析微〉，《中國語文》3，頁 205 ～211。

77. 陳秀蘭，2002〈從總括副詞看六朝文與漢文佛典的語言特色——六朝文與漢文佛典語言比較研究（一）〉，漢文佛典語言學國際學術研討會論文。嘉義：中正大學。

78. 陳煥良、曹豔芝，2003〈《爾雅‧釋器》義類分析〉，《中山大學學報（社會科學版）》2003.5，頁 57～63,125。

79. 陳愛文、于民，1979，〈並列雙音詞的字序〉，《中國語文》2，頁 101～114。

80. 陳慶漢，1999，〈《馬氏文通》，動詞系統中的「坐動」、「散動」及其價值〉，《華中師範大學學報》，1999.11，頁 98～103。

81. 湯廷池，1990，〈爲漢語動詞試定界說〉，《漢語詞法句法續集》，台北，台灣學生書局，頁 1～43。

82. 許理和，1977，〈最早的佛經譯文中的東漢口語成分〉（英文發表於《Journal of the Chinese Language Teachers》十二卷第 3 期，1977（蔣紹愚譯，發表於《語言學論叢》第 14 輯，1987））。

83. 許理和，1991，〈關於初期漢譯佛經的新思考 A New Look at the Earliest Chinese Buddhist Texts〉（英文爲《From Benares to Beijing: Essays on Buddhism and Chinese Religion》, edited by Koichi Shinohara and Gregory Schopen, 1991, Oakville-New York-London, Mosaic Press。（顧滿林譯，發表於《漢語史研究集刊》第 4 輯，2001，巴蜀書社。。

84. 許理和，1998，〈漢代佛教與西域〉《國際漢學》第二輯，北京，大象出版社，頁 291～310。

85. 馮春田，1992，〈魏晉南北朝時期某些語法問題探究〉，《魏晉南北朝漢語研究》，濟南，山東教育出版社，頁 179～239。

86. 錢宗武、劉彥杰，1999，〈今文《尚書》判斷句研究〉，《湖南師範大學社會科學學報》，1999.6，頁 111～117。

87. 蔣冀騁，1993，〈魏晉南北朝漢譯佛經語法箋識〉，《古漢語研究》，1993.4，頁 13～18。

88. 蔣冀騁，1994，〈隋以前漢譯佛經虛詞箋識〉，《古漢語研究》，1994.2，頁 49～51。

89. 蔣紹愚，1995，〈内部構擬法在近代漢語語法研究中的運用〉，《中國語文》，1995.3，頁 191～194、220。

90. 蔡鏡浩，2000，〈魏晉南北朝詞語考釋方法論——《魏晉南北朝詞語彙釋》編纂瑣議〉，《中古漢語研究》，北京，商務印書館，頁 157～168。

91. 劉承慧，1994，〈Transitivity and Verb Classification in Pre-Qin Chines〉（先秦動詞的及物性與動詞分類），《中山人文學報》2，頁 115～139。

92. 劉承慧，1998a，〈試論先秦漢語的構句原則〉，《中央研究院歷史語言研究所集

刊》，69：1，頁 75～101。

93. 劉承慧，1998b，〈試論使成式的來源及其成因〉第三屆國際古漢語語法研討會，巴黎，頁 1～45。

94. 劉承慧，2000，〈古漢語動詞的複合化與使成化〉，《漢學研究》18 期特刊，頁 231～260。

95. 劉承慧，2003，〈古漢語實詞的複合化〉《古今通塞：漢語的歷史發展》，台北：中央研究院語言所籌備處，頁 107～139。

96. 劉青，2002，〈《易經》，心理動詞語法功能析微──兼與甲骨卜辭比較〉，《重慶師院學報》，（哲學社會科學版）2002.2，頁 108～111。

97. 董琨，1985，〈漢魏六朝佛經所見若干新興語法成分〉《研究生論文選集‧語言文字分冊》，南京，江蘇古籍出版社，頁 114～128。

98. 遇笑容、曹廣順，1998，〈也從語言上看《六度集經》，與《舊雜譬喻經》，的譯者問題〉《古漢語研究》2 期，頁 4～7。

99. 楊伯峻，1998〈從上古漢語幾組同義詞的考察試探在詞彙方面古今分合現象的規律〉《北京大學百年國學文粹‧語言文獻卷》，頁 134～151。

100. 楊雲，1999，〈不受程度副詞「很」修飾的心理動詞〉，《雲南教育學院學報》，1999.2，頁 68～71。

101. 楊華，1994，〈試論心理狀態動詞及其賓語的類型〉，《漢語學習》，1994.6，頁 33～36。

102. 龍慧，2006，〈《世說新語》心理動詞研究〉《井岡山學院學報（哲學社會科學)》9 期，頁 45～47。

103. 魏培泉，2000，〈東漢魏晉南北朝在語法史上的地位〉，《漢學研究》18 期特刊，頁 199～230。

104. 魏培泉，2003，〈上古漢語到中古漢語語法的重要發展〉，《古今通塞，漢語的歷史與發展》（第三屆國際漢學會議論文語文組）台北，中央研究院歷史語言研究所，頁 75～106。

五、學位論文

1. 丁喜霞，2005，《中古常用並列雙音節詞的成詞和演變研究》浙江大學漢語文字學專業（博論）。

2. 王楓，2004，《「言說」類動詞語義場的歷史演變》北京大學漢語文字學專業（碩論）。

3. 王洪涌，2006，《先秦兩漢商業詞匯──語義系統研究》華中師範大學漢語文字學專業（博論）。

4. 文雅麗，2007，《現代漢語心理動詞研究》北京語言大學對外漢語研究中心語言學及應用語言學專業（博論）。

5. 朱芳毅，2008，《「說文解字」心理動詞語義網絡研究》廣西師範大學漢語言文字

學（碩論）。

6. 吳秀枝，1992，《漢語的心理動詞》國立台灣師範大學英研所（碩論）。

7. 呂東蘭，1995，《漢語「觀看」語義場的歷史演變》北京大學漢語文字學專業（碩論）。

8. 李娟，2006，《漢書司法語義場研究》四川大學漢語言文字學專業（博論）。

9. 杜翔，2002，《支謙動作語義場及其演變研究》北京大學漢語文字學專業（博論）。

10. 李長雲，2005，《敦煌變文懼怕類心理動詞研究》河南大學漢語言文字學專業（碩論）。

11. 汪褘，2008，《中古佛經量詞研究》南京師範大學文學院（博論）。

12. 季琴，2004，《三國支謙譯經詞彙研究》浙江大學漢語言文字學（博論）。

13. 林昭君，1998，《東漢佛典之介詞研究》國立中正大學中文所（碩論）。

14. 邵丹，2006，《漢語情緒心理動詞語義場的歷史演變研究》北京大學漢語言文字學專業（博論）。

15. 唐智燕，2000，《今文尚書動詞語法研究》廣西師範大學中文系（碩論）。

16. 徐霞，2004，《心理動詞「死」字句中的主賓互易現象研究》河南大學漢語言文字學專業（碩論）。

17. 徐宗圭，1987，《漢語動詞的分類研究》國立高雄師範大學中文系（碩論）。

18. 徐朝紅，2008，《中古漢譯佛經連詞研究——以本緣部連詞爲例》湖南師範大學漢語言文字學專業（博論）。

19. 張建勇，2007，《中古漢譯佛經反義詞研究》浙江大學漢語言文字學專業（博論）。

20. 張萬春，2007，《東漢魏晉南北朝民歌心理動詞的來源和發展》。

21. 崔宰榮，1997，《漢語「吃喝」類詞群的歷史演變》北京大學漢語文字學專業（碩論）。

22. 梅晶，2005，《魏晉南北朝小説常用心理動詞述謂功能研究》，長沙，湖南師範大學漢語言文字學專業（碩論）。

23. 章明德，1994，《先秦漢語詞彙並列結構研究》，台北，國立政治大學中國文學研究所（碩論）。

24. 焦毓梅，2007，《十誦律》常用動作語義場詞彙研究》四川大學漢語言文字學專業（博論）。

25. 楊如雪，1998，《支謙與鳩摩羅什譯經疑問句研究》國立台灣師範大學國研所（博論）。

26. 楊素芬，2000，《漢語的心理動詞》國立清華大學語言所（碩論）。

27. 楊榮賢，2003，《新書動詞及相關句式研究》四川大學漢語言文字學專業（碩論）。

28. 趙長才，2000，《漢語述補結構的歷時研究》中國社會科學研究院（博論）。

29. 賴蔚鍾，2004，《漢語心理動詞的格式與語意》清華大學語言所（碩論）。

30. 龍國富，2003，《姚秦漢譯佛經助詞研究》湖南師範大學漢語言文字學（博論）。

附錄一：東漢漢譯佛經篩選目錄

（轉引自林昭君並稍作改動）

說　明

僧：僧祐《出三藏記集》。「○」者爲此錄署爲東漢所譯之經典，共31部。

小：小野玄妙《佛教經典總論》。此書依諸經論所載，此打有「○」號之29部經是諸經錄中皆載錄，且留存在《大正藏》之中，以爲較爲可信。

呂：呂澂《新編漢文大藏經目錄》，「○」所勘訂之可信東漢譯品，共29部。

俞：俞理明《佛經文獻語言》，此書根據《大正藏》所錄經文，並參考呂澂《新編漢文大藏經目錄》、任繼愈《中國佛教史》，以爲打有「○」號之經典爲可信之東漢所譯經，共33部。

許：荷蘭人許理和於〈最早的佛經譯文中的東漢口語成分〉。認爲此29部打「○」記號之經典是最可信，確爲東漢世所譯之譯經。然其未說明根據爲何。

鎌：鎌田茂雄《中國佛教通史》，表中「○」者爲極可確定之譯品；「✓」者爲日本學者推論應爲東漢譯品之經典；「×」者則是極可確定非東漢世所譯之經典。而其它未列可否之經典則是本書中所未提及。

大正藏經號	譯者	冊	卷數	經名	僧	小	呂	俞	許	鎌	確定
13	安世高	1	2	長阿含十報法經	○	○	○	○	○	✓	◎
14	安世高	1	1	佛說人本欲生經	○	○	○	○	○	○	◎
16	安世高	1	1	佛說尸迦羅越六方禮經							
31	安世高	1	1	佛說一切流攝守因經	○	○	○	○	○	✓	◎
32	安世高	1	1	佛說四諦經	○	○	○	○	○	✓	◎
36	安世高	1	1	佛說本相猗致經	○	○	○	○	○	✓	◎
46	支曜	1	1	佛說阿那律八念經							
48	安世高	1	1	佛說是法非法經	○	○	○	○	○	✓	◎
57	安世高	1	1	佛說漏分布經	○	○	○	○	○	✓	◎
91	安世高	1	1	佛說婆羅門子命終愛念不離經							
92	安世高	1	1	佛說十支居士八城人經							
98	安世高	1	1	佛說普法義經	○	○	○	○	○	✓	◎
105	安世高	2	1	五陰譬喻經	○	○	○	○			
109	安世高	2	1	佛說轉法輪經	○	○	○	○			
112	安世高	2	1	佛說八正道經	○	○	○	○	○	✓	◎
114	支曜	2	1	佛說馬有三相經							
115	支曜	2	1	佛說馬有八態譬人經							
131	安世高	2	1	佛說婆羅門避死經							
137	康孟詳	2	1	舍利弗摩訶目連遊四衢經							
140	安世高	2	1	阿那邠邸化七子經							
149	安世高	2	1	佛說阿難同學經							
150A	安世高	2	1	佛說七處三觀經	○	○	○	○	○	✓	◎
150B	安世高	2	1	佛說九橫經	○	○	○	○		✓	
151	安世高	2	1	佛說阿含正行經							
167	安世高	3	1	佛說太子慕魄經							
184	竺大力、康孟詳	3	2	修行本起經			○	○	○		
196	曇果、康孟詳	4	2	中本起經	○		○	○			
197	康孟詳	4	1	佛說興起行經							

204	支婁迦讖	4	10	雜譬喻經							
224	支婁迦讖	8	1	道行般若經		○	○	○	○	○	◎
280	支婁迦讖	10	2	佛說兜沙經	○	○	○	○	○		
313	支婁迦讖	11	1	阿閦佛國經	○	○	○	○	○		◎
322	安玄	12	1	法鏡經	○	○	○	○	○		
348	安世高	12	1	佛說大乘方等要慧經							
350	支婁迦讖	12	1	佛說遺日摩尼寶經		○	○	○	○		
356	安世高	12	1	佛說寶積三昧文殊師利菩薩問法身經						✕	
361	支婁迦讖	12	4	佛說無量清靜平等覺經							
417	支婁迦讖	13	1	佛說般舟三昧經						○	
418	支婁迦讖	13	3	般舟三昧經	○			○	○		
458	支婁迦讖	14	1	文殊師利問菩薩署經	○	○	○	○	○		
492	安世高	14	1	佛說阿難問事佛吉凶經							
別本	安世高	14	1	佛說阿難問事佛吉凶經							
506	安世高	14	1	犍陀國王經							
525	安世高	14	1	佛說長者子懊惱三處經							
526	安世高	14	1	佛說長者子制經							
551	安世高	14	1	佛說摩鄧女經							
553	安世高	14	1	佛說㮈女祇域因緣經							
554	安世高	14	1	佛說㮈女祇婆經							
602	安世高	15	2	佛說大安般守意經	○	○	○	○	○	○	◎
603	安世高	15	2	陰持入經	○	○	○	○	○	○	◎
604	安世高	15	1	佛說禪行三十七品經							
605	安世高	15	1	禪行法想經	○	○	○	○	○		
607	安世高	15	1	道地經	○	○	○	○	○	○	◎
608	支曜	15	1	小道地經							
621	安世高	15	1	佛說佛印三昧經			○				
622	安世高	15	1	佛說自誓三昧經							
624	支婁迦讖	15	3	佛說伅眞陀羅所問如來三昧經	○	○	○	○	○		
626	支婁迦讖	15	2	佛說阿闍世王經	○	○	○	○	○	✓	◎

630	支曜	15	1	佛說成具光明定意經	○	○	○	○	○		
684	安世高	16	1	佛說父母恩難報經						○	
701	安世高	16	1	佛說溫室洗浴眾僧經							
724	安世高	17	1	佛說罪業應報教化地獄經							
729	安世高	17	1	佛說分別善惡所起經							
730	安世高	17	1	佛說處處經							
731	安世高	17	1	佛說十八泥犁經							
732	安世高	17	1	佛說罵意經							
733	安世高	17	1	佛說堅意經							
734	安世高	17	1	佛說鬼問目連經							
778	嚴佛調	17	1	佛說菩薩內習六波羅蜜經						×	
779	安世高	17	1	佛說八大人覺經							
784	迦葉摩騰、竺法蘭	17	1	四十二章經	○					×	
791	安世高	17	1	佛說出家緣經							
792	安世高	17	1	佛說法受塵經	○	○	○	○	○		
807	支婁迦讖	17	1	佛說內臟百寶經	○	○	○	○	○		
1467	安世高	24	1	佛說犯戒罪報輕重經							
1470	安世高	24	2	大比丘三千威儀							
1492	安世高	24	1	佛說舍利弗悔過經							
1508	安玄、嚴佛調	25	1	阿含口解十二因緣經	○		○		○	×	
1557	安世高	28	1	阿毘曇五法行經	○	○	○	○		✓	
2027	安世高	49	1	迦葉結經							
共計	10		105	80							

附錄二：魏晉南北朝漢譯佛經篩選目錄

（以年代排序）

說　明

歷代經錄：包括梁・僧祐《出三藏記集》、隋・法經《眾經目錄》、隋・費長房《歷代三寶紀》、隋・彥悰等《眾經目錄》、唐・靜泰《大敬愛寺眾經目錄》、唐・道宣《大唐內典錄》、唐・靜邁《古今譯經圖記》、周明侄等《開元釋教錄》、唐・玄逸《開元釋教廣品歷章》、唐・圓照《貞元新定釋教目錄》、南唐・恆安《續貞元釋教錄》、宋・趙安仁等《大中祥符法寶錄》、宋・呂夷簡等《景祐新修法寶祿》、元・慶吉祥等《至元法寶勘同總錄》。「○」者為經錄署為魏晉南北朝經典。

小：小野玄妙《佛教經典總論》。「○」者是諸經錄中皆載錄，且留存在《大正藏》之中，以為較為可信。

呂：呂澂《新編漢文大藏經目錄》，「○」者屬時代譯者皆無誤；「▲」屬曾失譯，後作某某譯，傳某某譯；「╳」代表曾失譯，誤某某所譯，或失譯亦作者未詳，或誤題，或據呂澂勘誤者。

時代	譯者	大正藏經號	冊	卷數	經　　名	歷代經錄	小	呂
魏	康僧鎧	0310	11	1	郁伽長者問經	○	○	
		0360	12	2	佛說無量壽經	○	○	×
		1432	22	1	曇無德律部雜羯磨	○	○	×
	白延	0328	12	1	佛說須賴經	○	○	×
吳	支謙	0020	01	1	佛開解梵志阿颰經	○	○	×
		0021	01	1	佛說梵網六十二見經	○	○	×
		0027	01	1	佛說七知經	○	○	×
		0054	01	1	佛說釋摩男本四子經	○	○	○
		0059	01	1	佛說諸法本經	○	○	×
		0067	01	1	弊魔試目連經	○	○	×
		0068	01	1	佛說賴吒和羅經	○	○	○
		0076	01	1	梵摩渝經	○	○	○
		0087	01	1	佛說齋經	○	○	
		0107	02	1	佛說不自守意經	○	○	×
		0128	02	1	須摩提女經	○	○	×
		0153	03	3	菩薩本緣經	○	○	
		0169	03	1	佛說月明菩薩經	○	○	○
		0181	03	1	佛說九色鹿經	○	○	×
		0185	03	2	佛說太子瑞應本起經	○	○	○
		0198	04	2	佛說義足經	○	○	○
		0200	04	10	撰集百緣經	○	○	○
		0214	04	1	佛說猘狗經	○	○	
		0225	08	6	大明度經	○	○	呂
		0281	10	1	佛說菩薩本業經	○	○	○
		0362	12	2	佛說阿彌陀三耶三佛薩樓佛檀過度人道經	○	○	○
		0427	14	1	佛說八吉祥神咒經	○	○	
		0474	14	2	佛說維摩詰經	○	○	○
		0493	14	1	佛說阿難四事經	○	○	
		0507	14	1	佛說未生冤經	○	○	×
		0511	14	1	佛說𦍟沙王五願經	○	○	×
		0530	14	1	佛說須摩提長者經	○	○	×
		0531	14	1	佛說長者音悅經	○	○	×
		0532	14	1	私呵昧經	○	○	○

		0533	14	1	菩薩生地經	○	○	○
		0555	14	1	五母子經	○	○	×
		0556	14	1	佛說七女經	○	○	○
		0557	14	1	佛說龍施女經	○	○	○
		0559	14	1	佛說老女人經	○	○	○
		0581	14	1	佛說八師經	○	○	○
		0582	14	1	佛說孫多耶致經	○	○	×
		0583	14	1	佛說黑氏梵志經	○	○	×
		0597	15	1	龍王兄弟經	○	○	×
		0631	15	1	佛說法律三昧經	○	○	×
		0632	15	1	佛說慧印三昧經	○	○	○
		0708	16	1	了本生死經	○	○	○
		0713	16	1	貝多樹下思惟十二因緣經	○	○	×
		0735	17	1	佛說四願經	○	○	○
		0760	17	1	惟日雜難經	○	○	▲
		0767	17	1	佛說三品弟子經	○	○	×
		0808	17	1	佛說犢子經	○	○	×
		1011	19	1	佛說無量門微密持經	○	○	○
		1351	21	1	佛說持句神咒經	○	○	×
		1356	21	1	佛說華積陀羅尼神咒經	○	○	×
		1477	24	1	佛說戒消災經	○		
	竺律炎	0129	02	1	佛說三摩竭經	○	○	○
		0793	17	1	佛說佛醫經〔註1〕	○	○	▲
	康僧會	0152	03	8	六度集經	○	○	○
		0206	04	2	舊雜譬喻經	○	○	▲
	維祇難等	0210	04	2	法句經	○	○	
	陳慧〔註2〕	1694	04	2	陰持入經註			○
西晉	法立〔註3〕	0023	01	6	大樓炭經	○	○	○

〔註1〕「竺律炎共支越」譯。

〔註2〕《佛教經典總論》裡提到：三國時代的譯經家，在道安目錄僅列支謙、康僧會、朱士行三人。其後僧祐之目錄，則追加維祇難、竺將炎、白延三人，共為六人。因時代短急，故人數應不致很多。於歷代三寶紀以下的諸經錄中，又增加曇柯迦羅、康僧鎧、曇諦、支疆梁接、安法賢等五人。前後都計有十一名譯經家。然而在《大正新修大藏經》裡，另有陳慧及其譯經。

〔註3〕「法立共法炬」譯。

		0211	04	4	法句譬喻經	○ ○ ○
		0683	16	1	佛說諸德福田經	○ ○ ○
	法炬〔註4〕	0033	01	1	佛說恒水經	○ ○ ▲
		34	01	1	法海經	○ ○ ○
		0039	01	1	佛說頂生王故事經	○ ○ ×
		0049	01	1	佛說求欲經	○ ○ ×
		0055	01	1	佛說苦陰因事經	○ ○ ▲
		0064	01	1	佛說瞻婆比丘經	○ ○ ▲
		0065	01	1	佛說伏婬經	○ ○ ▲
		0070	01	1	佛說數經	○ ○ ▲
		0111	02	1	佛說相應相可經	○ ○
		0113	02	1	佛說難提釋經	○ ○ ▲
		0119	02	1	佛說鴦崛髻經	○ ○
		0122	02	1	佛說波斯匿王太后崩塵土坌身經	○ ○ ▲
		0133	02	1	頻毘娑羅王詣佛供養經	○ ○ ▲
		0178	03	1	前世三轉經	○ ○ ▲
		0215	04	1	佛說群牛譬經	○ ○ ○
		0332	12	1	佛說優填王經	○ ○ ▲
		0500	14	1	羅云忍辱經	○ ○ ○
		0501	14	1	佛說沙曷比丘功德經	○ ○ ▲
		0502	14	1	佛為年少比丘說正事經	○ ○
		0503	14	1	比丘避女惡名欲自殺經	○ ○ ▲
		0508	14	1	阿闍世王問五逆經	○ ○ ▲
		0509	14	1	阿闍世王受決經	○ ○ ▲
		0695	16	1	佛說灌洗佛形像經	○ ○ ×
		0739	17	1	佛說慢法經	○ ○ ▲
	竺法護	0047	01	1	佛說離睡經	○ ○ ×
		0056	01	1	佛說樂想經	○ ○ ×
		0061	01	1	受新歲經	○ ○ ×
		0062	01	1	佛說受新歲經	○ ○ ×
		0077	01	1	佛經尊上經	○ ○ ×
		0082	01	1	佛說意經	○ ○ ×
		0083	01	1	佛說應法經	○ ○ ×
		0103	02	1	佛說鴦崛摩經	○

〔註4〕與法立共譯者有三部：大樓炭經（6卷）、法句譬喻經（4卷）、佛說諸德福田經（1卷）。

		0135	02	1	佛說力士移山經	◯	◯	◯
		0136	02	1	佛說四未曾有法經	◯	◯	✕
		0154	03	5	生經	◯	◯	◯
		0168	03	1	佛說太子沐魄經	◯	◯	◯
		0170	03	1	佛說德光太子經	◯	◯	◯
		0180	03	1	佛說過去世佛分衛經	◯	◯	◯
		0182	03	1	佛說鹿母經	◯	◯	◯
		0186	03	8	佛說普曜經	◯	◯	◯
		0199	04	1	佛五百弟子自說本起經	◯	◯	◯
		0222	08	10	光讚經	◯	◯	◯
		0263	09	10	正法華經	◯	◯	◯
		0266	09	3	佛說阿惟越致遮經	◯	◯	◯
		0274	09	1	佛說濟諸方等學經	◯	◯	◯
		0283	10	1	菩薩十住行道品	◯	◯	▲
		0285	10	5	漸備一切智德經	◯	◯	◯
		0288	10	3	等目菩薩所問三昧經	◯	◯	◯
		0291	10	4	佛說如來興顯經	◯	◯	◯
		0292	10	6	度世品經	◯	◯	
		0310	11	7	密跡金剛力士經	◯	◯	◯
		0310	11	2	菩薩說夢經		◯	✕
		0310	11	2	寶髻菩薩所問經	◯	◯	◯
		0315	11	1	佛說普門品經	◯	◯	◯
		0317	11	1	佛說胞胎經	◯	◯	◯
		0318	11	2	文殊師利佛土嚴淨經	◯	◯	◯
		0323	12	1	郁迦羅越菩薩行經	◯	◯	◯
		0324	12	1	佛說幻士仁賢經	◯	◯	◯
		0325	12	1	佛說決定毗尼經	◯	◯	✕
		0334	12	1	佛說須摩提菩薩經	◯	◯	◯
		0337	12	1	佛說阿闍貰王女阿術達菩薩經	◯	◯	◯
		0338	12	1	佛說離垢施女經	◯	◯	◯
		0342	12	2	佛說如幻三昧經	◯	◯	◯
		0343	12	1	佛說太子刷護經	◯	◯	✕
		0345	12	2	慧上菩薩問大善權經	◯	◯	◯
		0349	12	1	彌勒菩薩所問本願經	◯	◯	◯
		0378	12	2	佛說方等般泥洹經	◯	◯	◯
		0381	12	3	等集眾德三昧經	◯	◯	◯
		0391	12	1	般泥洹後灌臘經	◯	◯	✕

		0395	12	1	佛說當來變經	◯	◯	◯
		0398	13	8	大哀經	◯	◯	◯
		0399	13	4	寶女所問經	◯	◯	◯
		0401	13	2	佛說無言童子經	◯	◯	◯
		0403	13	7	阿差末菩薩經	◯	◯	◯
		0425	14	8	賢劫經	◯	◯	◯
		0428	14	1	佛說八陽神咒經	◯	◯	
		0433	14	1	佛說寶網經	◯	◯	◯
		0435	14	1	佛說滅十方冥經	◯	◯	◯
		0453	14	1	佛說彌勒下生經		◯	
		0459	14	1	佛說文殊悔過經	◯	◯	◯
		0460	14	1	佛說文殊師利淨律經	◯	◯	◯
		0461	14	2	佛說文殊師利現寶藏經	◯	◯	◯
		0477	14	1	佛說大方等頂王經	◯	◯	◯
		0481	14	4	持人菩薩經	◯	◯	◯
		0496	14	1	佛說大迦葉本經	◯	◯	◯
		0513	14	1	佛說琉璃王經	◯	◯	◯
		0534	14	1	佛說月光童子經	◯	◯	◯
		0535	14	1	佛說申日經	◯	◯	✕
		0558	14	1	佛說龍施菩薩本起經	◯	◯	◯
		0562	14	1	佛說無垢賢女經	◯	◯	▲
		0565	14	2	順權方便經	◯	◯	◯
		0567	14	1	佛說梵志女首意經	◯	◯	◯
		0569	14	1	佛說心明經	◯	◯	◯
		0585	15	4	持心梵天所問經	◯	◯	◯
		0588	15	4	佛說須眞天子經	◯	◯	◯
		0589	15	1	佛說魔逆經	◯	◯	◯
		0598	15	4	佛說海龍王經	◯	◯	◯
		0606	15	7	修行道地經	◯	◯	◯
		0611	15	1	法觀經	◯	◯	✕
		0612	15	1	身觀經	◯	◯	✕
		0623	15	1	佛說如來獨證自誓三昧經	◯	◯	◯
		0627	15	3	文殊支利普超三昧經	◯	◯	
		0635	15	4	佛說弘道廣顯三昧經	◯	◯	
		0636	15	2	無極寶三昧經	◯	◯	◯
		0685	16	1	佛說盂蘭盆經	◯	◯	✕
		0736	17	1	佛說四自侵經	◯	◯	◯
		0737	17	1	所欲致患經	◯	◯	◯

		0738	17	1	佛說分別經	○	○	✕
		0769	17	1	佛說四輩經	○	○	✕
		0770	17	1	佛說四不可得經	○	○	○
		0809	17	1	佛說乳光佛經	○	○	○
		0810	17	2	諸佛要集經	○	○	○
		0811	17	1	佛說決定總持經	○	○	○
		0812	17	1	菩薩行五十緣身經	○	○	○
		0813	17	1	佛說無所希望經	○	○	○
		0815	17	3	佛昇忉利天爲母說法經	○	○	○
		0817	17	1	佛說大淨法門經	○	○	○
	白法祖	0005	01	2	佛般泥洹經	○	○	○
		0144	02	1	佛說大愛道般泥洹經	○	○	▲
		0330	12	1	佛說菩薩修行經	○	○	▲
		0528	14	1	佛說菩薩逝經	○	○	▲
		0777	17	1	佛說賢者五福德經	○	○	▲
	聶道眞	0188	03	1	異出菩薩本起經	○	○	✕
		0282	10	1	諸菩薩求佛本業經	○		
		0310	11	1	無垢施菩薩分別應辯經	○	○	▲
		0463	14	1	佛說文殊師利般涅槃經	○	○	✕
		0484	14	1	三曼陀颰陀羅菩薩經	○	○	✕
		1502	24	1	菩薩受齋經	○	○	✕
	無羅叉	0221	08	20	放光般若經	○	○	○
	支法度	0017	01	1	善生子經	○	○	▲
		0527	14	1	佛說逝童子經	○	○	○
	聶承遠	0537	14	1	佛說越難經	○	○	✕
		0638	15	2	佛說超日明三昧經	○	○	○
	若羅嚴	0794	17	1	佛說時非時經	○	○	▲
	安法欽	0816	17	4	佛說道神足無極變化經〔註5〕	○	○	○
		2042	50	7	阿育王傳	○	○	✕
共計	17		388	202				

〔註5〕 在《佛教經典總論》裡提到：西晉時期的譯經家，如同三國時期之支謙，亦由竺法護三藏一人，靳然佔居領導首位。此外，據道安目錄有聶承遠、安文惠、白元信、竺叔蘭、法炬、法立等六人。僧祐目錄另加帛法祖一人。於歷代三寶紀等諸錄中，更有彊梁婁至、安法欽、無羅叉、聶道眞、支法度等五人。及衛士度、支敏度二人，共增加七人。其中，衛士度及支敏度二人，僧祐錄中亦追加其名。前後總計爲十五家，大多是法護門下，曾參加其譯經道場者。

時代	譯者	經號	冊	卷數	經　名	歷代經錄	小	呂
東晉	法顯	0007	01	3	大般涅槃經	○	○	○
		0745	17	1	佛說雜藏經	○	○	○
		0376	12	6	佛說大般泥洹經	○	○	
		1425	22	40	摩訶僧祇律	○	○	
		1437	23	1	十誦比丘尼波羅提木叉戒本	○	○	
		1427	22	1	僧祇比丘尼戒本〔註6〕	○	○	
	釋法眾	1339	21	4	大方等陀羅尼經	○	○	
	竺曇無蘭	0022	01	1	佛說寂志果經	○	○	▲
		0058	01	1	佛說阿耨颷經	○	○	✕
		0062	01	1	佛說新歲經	○	○	▲
		0071	01	1	梵志頞波羅延問種尊經	○	○	▲
		0086	01	1	佛說泥犁經	○	○	▲
		0106	02	1	佛說水沫所漂經	○	○	▲
		0116	02	1	佛說戒德香經	○	○	▲
		0139	02	1	佛說四泥犁經	○	○	▲
		0143	02	1	玉耶經	○	○	▲
		0148	02	1	國王不犁先尼十夢經	○	○	▲
		0216	04	1	佛說大魚事經	○	○	▲
		0393	12	1	迦葉赴佛般泹槃經	○	○	▲
		0494	14	1	阿難七夢經	○	○	▲
		0504	14	1	比丘聽施經	○	○	▲
		0510	14	1	採蓮違王上佛授決號妙華經	○	○	▲
		0042	01	1	佛說鐵城泥犁經	○	○	▲
		0538	14	1	佛說呵鵰阿那鋡經	○	○	○
		0741	17	1	五苦章句經	○	○	▲
		0742	17	1	佛說自愛經	○	○	▲
		0743	17	1	佛說中心經	○	○	
		0746	17	1	佛說見正經	○	○	▲
		1327	21	1	佛說咒齒經		○	
		1352	21	1	佛說陀鄰尼鉢經	○	○	▲
		1378	21	1	佛說玄師颰陀所說神咒經		○	
		1391	21	1	佛說檀特羅麻油述經	○	○	✕

〔註6〕與覺賢共譯。

		1393	21	1	佛說摩尼羅亶經	○	○	▲
		1326	21	1	咒時氣病經	○	○	▲
		1328	21	1	咒目經	○	○	×
		1329	21	1	咒小兒經〔註7〕	○	○	×
	迦留陀伽	0195	04	1	佛說十二遊經	○	○	▲
	祇多蜜	0284	10	1	佛說菩薩十住經	○	○	▲
		0637	15	23	佛說寶如來三昧經	○	○	▲
	竺難提	0310	11	3	大乘方便經（卷106～108）	○	○	○
		1043	20	1	請觀世音菩薩消伏毒害陀羅尼咒經	○	○	
	帛尸梨蜜多羅	1331	21	12	佛說灌頂七萬二千神王護比丘咒經（12卷）	○	○	▲
	佛陀跋陀羅	278	09	60	大方廣佛華嚴經	○	○	○
		0296	10	1	文殊師利發願經	○	○	○
		0618	15	2	達摩多羅禪經	○		
		1426	22	1	摩訶僧祇律大比丘戒本	○		○
		0643	15	10	佛說觀佛三昧海經	○		
		0666	16	1	大方等如來藏經	○		
		1012	19	1	佛說出生無量門持經	○		
		1425	22	40	摩訶僧祇律〔註8〕	○		
前涼	支施崙	0329	12	1	佛說須賴經	○	○	○
前秦	曇摩蜱	0226	08	5	摩訶般若鈔經〔註9〕	○		
後秦	鳩摩羅什〔註10〕	0035	01	1	佛說海八德經	○	○	×

〔註7〕又署名「曇無蘭」，《佛教經典總論》裡提到：在《出三藏記集》裡有列舉其譯經，然在歷代三寶記等以下諸錄，列載百餘部經典。晉太元中，道安、慧遠均尚健在，應不至於遺漏大批譯品。且僧祐亦不可能遺漏並悉數編入失譯或別生經中。故小野玄妙認為：觀其手筆，並非出自一人之手，且其生平僅三寶記所列而已，因此，雖現行《大藏經》中，雖署名有二十八部譯品，無一足以相信。

〔註8〕佛陀跋陀羅共法顯譯。

〔註9〕與竺佛念共譯。

〔註10〕東晉譯經分期，依據《佛教經典概論》說法，以鳩摩羅什譯經為界，則細分為前後二期：前期包括帛尸梨密多羅、曇摩蜱、僧伽跋澄、鳩摩羅佛提、曇摩難提、僧伽提婆、竺佛念、竺曇無蘭、支施崙、迦留陀伽。後期包括：鳩摩羅什、弗若多羅、佛陀耶舍、曇摩耶舍、曇無讖、道泰、浮陀跋摩、釋道龔、佛陀跋陀羅、法顯、釋法眾、祇多蜜、釋聖堅、竺難提。

		0123	02	1	佛說放牛經		○	
		0201	04	15	大莊嚴論經	○	○	○
		0389	12	1	佛垂般涅槃略說教誡經	○	○	○
		0223	08	27	摩訶般若波羅蜜經	○	○	○
		0227	08	10	小品般若波羅蜜經	○	○	○
		0208	04	2	眾經撰雜譬喻	○	○	○
		0235	08	1	金剛般若波羅蜜經	○	○	○
		0245	08	2	佛說仁王般若波羅蜜經	○	○	
		0250	08	1	摩訶般若波羅蜜大明咒經	○	○	×
		0262	09	7	妙法蓮華經	○	○	○
		0286	10	4	十住經	○	○	○
		0307	10	1	佛說莊嚴菩提心經	○	○	○
		0310	11	3	（十七）富樓那會（菩薩藏經）	○	○	○
		0310	11	2	（二六）善臂菩薩會（善臂菩薩經）	○	○	×
		0334	12	1	佛說須摩提菩薩經	○	○	
		0366	12	1	佛說阿彌陀經	○	○	○
		0382	12	3	集一切福德三昧經	○	○	×
		0389	12	1	佛垂般涅槃略說教誡經		○	
		0420	13	2	自在王菩薩經	○	○	○
		0426	14	1	佛說千佛因緣經	○	○	×
		0453	14	1	佛說彌勒下生經	○	○	○
		0454	14	1	佛說彌勒下生成佛經	○	○	○
		0464	14	1	文殊師利問菩提經	○	○	○
		0475	14	3	維摩詰所說經	○	○	○
		0482	14	4	持世經	○	○	○
		0484	14	1	不思議光菩薩所說經	○	○	○
		0586	15	4	思益梵天所問經	○	○	○
		0613	15	3	禪秘要法經	○	○	○
		0614	15	2	坐禪三昧經	○	○	○
		0615	15	1	菩薩訶色欲法經	○	○	○
		0616	15	2	禪法要解	○	○	○
		0617	15	1	思惟要略法	○	○	
		0625	15	4	大樹緊那羅王所問經	○	○	○
		0642	15	2	佛說首楞嚴三昧經	○	○	

		0650	15	2	諸法無行經	○	○	○
		0653	15	3	佛藏經	○	○	○
		0657	16	10	佛說華手經	○	○	○
		0703	16	1	燈指因緣經	○	○	▲
		0988	19	1	孔雀王咒經	○	○	✕
		1484	24	2	梵網經	○	○	
		1489	24	1	清淨毗尼方廣經	○	○	✕
		1509	25	100	大智度論	○	○	○
		1521	26	17	十住毗婆沙論	○	○	○
		1564	30	4	中論	○	○	○
		1568	30	1	十二門論	○	○	○
		1569	30	2	百論	○	○	○
		1646	32	16	成實論	○	○	○
		1659	32	2	發菩提心經論	○	○	✕
		2046	50	1	馬鳴菩薩傳	○	○	○
		2047	50	1	龍樹菩薩傳	○	○	○
		2048	50	1	提婆菩薩傳	○	○	○
		1436	23	1	十誦比丘波羅提木叉戒本	○	○	○
		1435	23	61	十誦律〔註11〕	○	○	▲
		1486	45	3	鳩摩羅什法師大義〔註12〕		○	
	竺佛念	0212	04	30	出曜經	○	○	○
		0309	10	10	最勝問菩薩十住除垢斷結經	○	○	○
		0384	12	7	菩薩從兜術天降神母胎說廣普經	○	○	○
		0385	12	2	中陰經	○	○	○
		0388	12	9	大雲無想經	○	○	
		0656	16	14	菩薩瓔珞經	○	○	○
		1464	24	10	鼻奈耶律	○	○	○
		1485	24	2	菩薩瓔珞本業經	○	○	✕
	佛陀耶舍	0405	13	1	虛空藏菩薩經	○	○	○
		1430	22	1	四分僧戒本	○	○	○
		1428	22	60	四分律〔註13〕	○	○	○

〔註11〕弗若多羅、鳩摩羅什共譯。

〔註12〕慧遠問、鳩摩羅什答。

〔註13〕佛陀耶舍共竺佛念等譯。

		0001	01	22	長阿含經〔註14〕	○	○	○
	曇摩耶舍	0566	14	1	樂瓔珞莊嚴方便品經	○	○	▲
		1548	28	30	舍利弗阿毘曇論〔註15〕	○	○	○
	鳩摩羅佛提	1505	25	2	四阿鋡暮抄解	○	○	○
	僧伽提婆	1506	25	3	三法度論	○	○	○
		0026	01	60	中阿含經	○	○	
		0125	02	51	增一阿含經	○	○	
		1543	26	30	阿毘曇八犍度論〔註16〕	○	○	
	僧伽跋澄	1547	28	14	鞞婆沙論	○	○	
		1549	28	10	尊婆須蜜菩薩所集論〔註17〕	○	○	○
		0194	04	3	僧伽羅刹所集經〔註18〕	○	○	○
	筏提摩多	1668	32	10	釋摩訶衍論	○		○
	僧肇	1775	38	10	注維摩詰經		○	○
		1857	45	1	寶藏論		○	○
		1858	45	1	肇論		○	○
	曇摩難提	2045	50	1	阿育王息壞目因緣經	○	○	
西秦	聖堅	0171	03	1	太子須大拏經	○	○	▲
		0175	03	1	睒子經	○	○	○
		0294	10	3	佛說羅摩伽經	○	○	▲
		0570	14	1	佛說賢首經	○	○	▲
		0571	14	1	佛說婦人遇辜經	○	○	▲
		0696	16	1	佛說摩訶刹頭經	○	○	×
		0744	17	1	佛說除恐災患經	○	○	○
		0820	17	1	佛說演道俗業經	○	○	▲
		1342	21	1	佛說無崖際持法門經	○	○	▲
	法堅	0495	14	1	佛說阿難分別經	○	○	×
北涼	曇無讖	0040	01	1	佛說文陀竭王經	○	○	×
		0157	03	10	悲華經	○	○	○
		0192	04	5	佛所行讚	○	○	

〔註14〕佛陀耶舍共竺佛念譯。

〔註15〕曇摩耶舍共曇摩崛多等譯。

〔註16〕僧伽提婆即瞿曇僧伽提婆,《阿毘曇八犍度論》則與竺佛念共譯。

〔註17〕僧伽跋澄等譯。

〔註18〕僧伽跋澄等譯。

		0311	11	3	大方廣三戒經	○	○	✕
		0374	12	40	大般涅槃經	○	○	○
		0387	12	6	大方等無想經（大雲經）	○	○	○
		0563	14	1	佛說腹中女聽經	○	○	✕
		0663	16	4	金光明經	○	○	○
		1488	24	7	優婆塞戒經	○	○	○
		1500	24	1	菩薩戒本	○	○	○
		1581	30	10	菩薩地持經	○	○	○
	法盛	0172	03	1	佛說菩薩投身飴餓虎起塔因緣經	○	○	▲
	釋道龔	0310	11	2	寶梁經（卷113～114）	○	○	○
	法眾	1339	21	4	大方等陀羅尼經	○	○	
	道泰	1577	30	2	大丈夫論	○	○	○
		1634	32	2	入大乘論	○	○	○
		1546	28	60	阿毘曇毘婆沙論 [註19]	○	○	
宋	法賢	0041	01	1	佛說頻羅婆裟羅王經			
	慧簡	0043	01	1	佛說閻王五天使者經	○	○	✕
		0060	01	1	佛說瞿曇彌記果經	○	○	▲
		0134	02	1	佛說長者子六過出家經	○	○	▲
		0145	02	1	佛母般泥洹經	○	○	▲
		0797	17	1	佛說貧窮老公經	○	○	▲
		0827	17	1	佛說懈怠耕者經	○	○	
		1689	32	1	請賓頭盧法經		○	
	求那跋陀羅	0079	01	1	佛說鸚鵡經	○	○	▲
		0090	01	1	佛說鞞摩肅經	○	○	▲
		0099	02	50	雜阿含經	○	○	○
		0120	02	4	央掘魔羅經	○	○	○
		0127	02	1	佛說四人出現世間經	○	○	▲
		0138	02	1	佛說十一想思念如來經	○	○	▲
		0141	02	1	佛說阿遬達經	○	○	▲
		0177	03	1	佛說大意經	○	○	▲
		0189	03	4	過去現在因果經	○	○	○
		0270	09	2	大法鼓經	○	○	○
		0271	09	3	佛說菩薩行方便境界神通變化經	○	○	▲

〔註19〕此經由浮陀跋摩共道泰等譯。

		0353	12	1	勝鬘師子吼一乘大方便方廣經	○	○	○
		0368	12	1	拔一切業障根本得生淨土神咒	○	○	○
		0462	14	3	大方廣寶篋經	○	○	○
		0497	14	1	佛說摩訶迦葉度貧母經	○	○	▲
		0536	14	1	申日兒本經	○	○	▲
		0540	14	1	佛說樹提伽經	○	○	▲
		0560	14	1	佛說老母女六英經	○	○	×
		0670	16	4	楞伽阿跋多羅寶經	○	○	○
		0747	17	1	佛說罪福報應經	○	○	▲
		0753	17	1	十二品生死經	○	○	▲
		0771	17	1	四品學法經	○	○	▲
		0783	17	1	佛說十二頭陀經	○	○	▲
		1013	19	1	阿難陀目佉尼呵離陀經	○	○	×
		1690	32	1	賓頭盧突羅闍為優陀延王說法經	○	○	×
		1541	26	12	眾事分阿毘曇論〔註20〕	○	○	
		0678	16	1	相續解脫地波羅蜜了義經	○	○	○
		0679	16	1	相續解脫如來所作隨順處了義經	○	○	○
	求那跋摩	1582	30	9	菩薩善戒經	○	○	○
		1583	30	1	菩薩善戒經	○	○	○
		1487	24	1	菩薩內戒經	○	○	×
		1434	22	1	四分比丘尼羯磨法	○		
		1503	24	1	優婆塞五戒威儀經	○	○	×
		1472	24	1	沙彌威儀經	○	○	▲
		1672	32	1	龍樹菩薩為禪陀迦王說法要偈	○	○	○
		1466	24	1	優波離問佛經		○	
	沮渠京聲	0089	01	1	佛說八關齋經	○	○	▲
		0452	14	1	佛說觀彌勒菩薩上生兜率天經	○	○	○
		0512	14	1	佛說淨飯王般涅槃經	○	○	○
		0514	14	1	佛說佛大僧大經	○	○	▲

〔註20〕求那跋陀羅共菩提耶舍譯。

		0542	14	1	佛說耶祇經	○	○	▲
		0542	14	1	佛說諫王經	○	○	▲
		0517	14	1	佛說末羅王經	○	○	▲
		0518	14	1	佛說旃陀越國王經	○	○	▲
		0519	14	1	佛說摩達國王經	○	○	▲
		0620	15	2	治禪病祕要法	○	○	○
		0751	17	1	佛說五無反復經		○	
		0798	17	1	佛說進學經	○	○	▲
		0826	17	1	弟子死復生經		○	
		1481	24	1	五恐怖世經	○	○	▲
		1469	24	1	迦葉禁戒經	○	○	▲
智嚴	0268	09	6	佛說廣博嚴淨不退轉輪經	○	○	○
	0269	09	1	佛說法華三昧經	○		
畺良耶舍	0365	12	1	佛說觀無量壽佛經	○	○	○
	1161	20	1	佛說觀藥王藥上二菩薩經	○	○	▲
曇摩蜜多〔註21〕	0277	09	1	佛說觀普賢菩薩行法經	○	○	○
	0409	13	1	觀虛空藏菩薩經	○	○	○
	0407	13	1	虛空藏菩薩神咒經	○	○	○
	0564	14	1	佛說轉女身經	○	○	▲
	0619	15	1	五門禪經要用法	○	○	
	0814	17	1	佛說象腋經	○		▲
	0822	17	1	佛說諸法勇王經	○		▲
功德直	0414	13	5	菩薩念佛三昧經	○	○	○
	1014	19	1	無量門破魔陀羅尼經〔註22〕	○	○	○
智吉祥等	0543	14	3	佛說巨力長者所問大乘經			
寶雲	1093	04	7	佛本行經	○	○	○
	0590	15	1	佛說四天王經〔註23〕	○	○	▲
	0397	13	6	無盡意菩薩經〔註24〕	○	○	○
曇無竭	0371	12	1	觀世音菩薩授記經	○	○	○

〔註21〕曇摩婆蜜與曇無婆蜜、曇無蜜多為同一人，本文以「曇摩蜜多」稱之，並將《佛說觀普賢菩薩行法經》歸入統計。

〔註22〕玄暢共譯。

〔註23〕智嚴共譯。

〔註24〕智嚴共譯。

	先公	0640	15	1	佛說月燈三昧經	○	○	○
	僧伽跋摩	0723	17	1	分別業報略經	○	○	○
		1441	23	10	薩婆多部毘尼摩得勒伽	○	○	○
		1552	28	11	雜阿毘曇心論	○	○	○
		1673	32	1	勸發諸王要偈	○	○	○
	佛陀什	1422	22	1	五分比丘戒本	○	○	○
		1422	22	30	彌沙塞律〔註25〕	○		
齊	求那毗地	0209	04	4	百喻經	○		
	曇摩伽陀耶舍	0276	09	1	無量義經	○	○	○
	曇景	0383	12	2	摩訶摩耶經	○	○	▲
		0754	17	2	佛說未曾有因緣經	○	○	▲
	僧伽跋陀羅	1462	24	18	善見律毘婆沙	○	○	○
梁	曼陀羅仙	0232	08	2	文殊師利所說摩訶般若波羅蜜經	○	○	○
		0310	11	2	法界體性無分別經（卷26～27）	○	○	▲
		0310	11	2	文殊師利所說訶般若波羅蜜經		○	
		0658	16	7	寶雲經	○	○	○
		0659	16	7	大乘寶雲經〔註26〕	○	○	○
	僧伽婆羅〔註27〕	0233	08	1	文殊師利所說般若波羅蜜經	○	○	○
		0314	11	1	佛說大乘十法經	○	○	○
		0468	14	2	文殊師利問經	○	○	▲
		0984	19	2	孔雀王咒經	○	○	○
		1016	19	1	舍利弗陀羅尼經	○	○	▲
		1491	24	1	菩薩藏經	○	○	
		2043	50	10	阿育王經	○	○	×
		1648	32	12	解脫道論	○	○	○
		0430	14	1	八吉祥經	○	○	○
		0358	12	1	度一切諸佛境界智嚴經	○	○	○
	明徽集	1423	22	1	五分比丘尼戒本			

〔註25〕佛陀什共竺道生等譯。

〔註26〕曼陀羅仙共僧伽婆羅譯。

〔註27〕另名「僧伽羅」、「僧伽娑羅」。

	法雲	1715	33	8	法華經義記			
	諸大法師集	1909	45	10	慈悲道場懺法			
	僧祐	2040	50	5	釋迦譜			
		2102	52	14	弘明集			○
		2145	55	15	出三藏記集			○
	慧皎	2059	50	14	高僧傳			○
	寶唱	2063	50	4	比丘尼傳			
陳	眞諦	0097	01	1	廣義法門經	○	○	○
		0669	16	2	佛說無上依經	○	○	○
		0237	08	1	金剛般若波羅蜜經	○	○	○
		0677	16	1	佛說解節經	○	○	○
		1461	24	1	律二十二明了論	○	○	○
		1482	24	2	佛阿毘曇經出家相品	○	○	○
		1528	26	1	涅槃經本有今無偈論	○	○	○
		1529	26	1	遺教經論	○	○	○
		1559	29	22	阿毘達磨俱舍釋論	○		○
		1584	30	3	決定藏論	○	○	○
		1587	31	1	轉識論	○	○	○
		1593	31	3	攝大乘論	○	○	○
		1595	31	15	攝大乘論釋	○	○	○
		1616	31	1	十八空論	○	○	○
		1617	31	2	三無性論	○	○	○
		1618	31	1	顯識論		○	
		1619	31	1	無相思塵論	○	○	
		1589	31	1	大乘唯識論	○	○	○
		1620	31	1	解卷論	○	○	
		1633	32	1	如實論反質難品	○	○	○
		1641	32	1	隨相論（解十六諦義）	○	○	○
		1644	32	10	佛說立世阿毘曇論	○	○	○
		1647	32	4	四諦論	○	○	○
		1656	32	1	寶行王正論	○	○	○
		1666	32	1	大乘起信論	○	○	▲
		1669	32	20	大宗地玄文本論	○	○	○
		2032	49	1	十八部論	○	○	✕
		2033	49	1	部執異論		○	

		2049	50	1	婆藪槃豆法師傳		○	
		2137	54	3	金七十論	○	○	○
	慧思	1923	46	2	諸法無諍三昧法門			○
		1933	46	1	南嶽思大禪師立誓願文			○
		1924	46	4	大乘止觀法門			○
		1926	46	1	法華經安樂行義			○
北魏	佛陀扇多	0179	03	1	銀色女經		○	
		0310	11	1	無畏德菩薩經（卷 99）	○	○	○
		0576	14	1	佛說轉有經	○	○	▲
		1015	19	1	佛說阿難陀目佉呵離陀鄰尼經		○	
		1344	21	1	金剛上味陀羅尼經	○	○	○
		1496	24	1	佛說正恭敬經	○	○	○
		1592	31	2	攝大乘論	○	○	○
		0310	11	1	十法經		○	
		0835	17	1	如來師子吼經	○	○	○
	法場	0544	14	1	辯意長者子經	○	○	✕
	慧覺	0202	04	13	賢愚經	○	○	
	菩提流支	0236	08	1	金剛般若波羅蜜經論	○	○	○
		0272	09	10	大薩遮尼乾子所說經	○	○	○
		0440	14	12	佛說佛名經	○	○	○
		0465	14	1	伽耶山頂經	○	○	○
		0470	14	1	佛說文殊師利巡行經	○	○	○
		0573	14	1	差摩婆帝授記經	○	○	○
		0587	15	6	勝思惟梵天所問經	○	○	○
		0668	16	1	佛說不增不減經	○	○	○
		0671	16	10	入楞伽經	○	○	○
		0675	16	5	深密解脫經	○	○	
		0761	17	6	佛說法集經	○	○	○
		0828	17	1	無字寶篋經	○	○	○
		0831	17	1	謗佛經	○	○	○
		1028	19	1	Ａ佛說護諸童子陀羅尼經	○	○	○
		1511	25	3	金剛般若波羅蜜經論	○	○	○
		1512	25	10	金剛仙論		○	
		1523	26	4	寶積經論	○	○	○
		1524	26	1	無量壽經優波提舍經論	○	○	○

		1525	26	9	彌勒菩薩所問經論	○ ○ ○
		1531	26	2	文殊師利菩薩問菩提經論	○ ○ ○
		1532	26	4	勝思惟梵天所問經論	○ ○ ○
		1572	30	1	百字論	○ ○ ○
		1639	32	1	破外道小乘四宗論	○ ○ ×
		1640	32	2	破外道小乘涅槃論	○ ○ ×
		1651	32	1	十二因緣論	○ ○
		0575	14	1	大方等修多羅王經	○ ○
		0832	17	1	佛語經	○ ○ ○
		1522	26	12	十地經論	○ ○ ○
曇摩流支		0305	10	5	信力入印法門經	○ ○
		0357	12	2	如來莊嚴智慧光明入一切佛境界經〔註28〕	○ ○ ○
吉迦夜		0308	10	1	佛說大方廣菩薩十地經	○ ○ ○
		0434	14	3	佛說稱揚諸佛功德經	○ ○ ×
		1632	32	1	方便心論	○ ○ ○
		0203	04	10	雜寶藏經〔註29〕	○ ○ ○
		2058	50	6	付法藏因緣傳〔註30〕	○ ○ ▲
月婆首那		0310	11	2	摩訶迦葉經（卷88～89）	○ ○ ○
		0423	13	4	僧伽吒經	○ ○ ○
		0478	14	1	大乘頂王經	○ ○ ▲
		0231	08	7	勝天王般若波羅蜜經	○ ○ ○
瞿曇般若流支		0339	12	1	得無垢女經	○ ○ ○
		0354	12	2	毘耶娑問經	○ ○ ○
		0421	13	2	奮迅王問經	○ ○ ○
		0429	14	1	佛說八部佛名經	○ ○
		0645	15	1	不必定入定印經	○ ○ ○
		0721	17	70	正法念處經	○ ○ ○
		0823	17	1	佛說一切法高王經	○ ○ ○
		0833	17	1	第一義法勝經	○ ○ ○
		0578	14	1	無垢優婆夷問經	○ ○ ○

〔註28〕隋・法經眾經目錄記為菩提流支所譯。

〔註29〕吉迦夜共曇曜譯。

〔註30〕吉迦夜共曇曜譯。

		1573	30	1	一輸盧迦論	○	○	○
		1588	31	1	唯識論		○	
		0162	03	1	金色王經	○	○	○
		1565	30	2	順中論	○	○	▲
		1460	24	1	解脫戒本	○	○	○
		1631	32	1	廻諍論〔註31〕	○		▲
		0341	12	3	聖善住意天子所問經〔註32〕	○	○	○
	曇曜	1335	21	4	大吉義神咒經	○	○	×
	般若流支	1460	24	1	解脫戒經		○	
	毘目智仙	1526	26	1	寶髻經四法憂波提舍	○	○	○
		1533	26	1	轉法輪經憂波提舍	○	○	▲
		1534	26	1	三具足經憂波提舍	○	○	▲
		1608	31	1	業成就論	○	○	○
	達磨菩提	1527	26	1	涅槃論		○	
	勒那摩提	1611	31	4	究竟一乘寶性論	○		○
		1520	26	1	妙法蓮華經論優波提舍〔註33〕	○		○
	曇鸞	1957	47	1	略論安樂淨土義			○
		1978	47	1	讚阿彌陀佛偈			
	楊衒之	2092	51	5	洛陽伽藍記			
	慧光	2756	85	1	華嚴經義記卷第一			
北齊	那連提耶舍	0310	11	16	菩薩見實三昧經	○	○	○
		0380	12	5	大悲經	○	○	○
		0397	13	10	大方等大集月藏經（卷46～56）	○	○	○
		0397	13	2	大乘大集須彌藏經（卷57～58）	○	○	○
		0397	13	2	明度五十校計經（卷59～60）	○	○	
		0639	15	10	月燈三昧經	○	○	○
		0702	16	1	佛說施燈功德經	○	○	○
		1551	28	6	阿毘曇心論經	○	○	○
		0991	19	2	大雲輪請雨經	○	○	○

〔註31〕毘目智仙共譯。

〔註32〕毘目智仙共譯。

〔註33〕勒那摩提共僧朗等譯。

		0454	14	2	德護長者經		○	
		0444	14	1	百佛經	○	○	
		0647	15	3	力莊嚴三昧經		○	
		0386	12	2	蓮華面經		○	
		0574	14	1	堅固女經		○	
		0397	13	2	明度五十校計經	○	○	
		0818	17	2	大莊嚴法門經		○	
	萬天懿	1343	21	1	尊勝菩薩所問一切諸法入無量門陀羅尼經	○	○	○
北周	闍那耶舍	0992	19	1	大方等大雲經請雨品第六十四		○	
		0673	16	2	大乘同性經		○	
	耶舍崛多	1070	20	1	佛說十一面觀世音神咒經	○	○	○
	闍那崛多	1337	21	1	種種雜咒經〔註34〕	○	○	○
	法上	2799	85	2	十地論義疏卷第一·第二			

〔註34〕根據《大正藏》目錄得知闍那崛多譯經應有 39 部之多，然署隋代者居多，不符合本文研究範圍，暫略而不收。

附錄三：本文所考察之中古佛經目錄

（附譯師生平）

時代	譯　　者	大正藏 經　號	冊	卷數	經　　名
東漢	支婁迦讖〔註1〕	0313	11	1	阿閦佛國經
		0626	15	2	佛說阿闍世王經
	安世高〔註2〕	0013	01	2	長阿含十報法經
		0014	01	1	佛說人本欲生經
		0031	01	1	佛說一切流攝守因經
		0032	01	1	佛說四諦經
		0036	01	1	佛說本相猗致經
		0048	01	1	佛說是法非法經
		0057	01	1	佛說漏分布經
		0098	01	1	佛說普法義經
		0112	02	1	佛說八正道經

〔註1〕大月氏（中亞古國）人。後漢桓帝末年至洛陽，從事譯經。

〔註2〕安息國人，名清，字世高，以安世高之名著稱於世。爲印度西北、波斯地方（今
　　　伊朗）之古王國（安息）王子，其姓蓋從其出身地，故稱安，因而有安侯、安世
　　　高之稱。……於東漢桓帝建和二年（148），經西域諸國而至洛陽，從事翻譯工作，
　　　至靈帝建寧三年（170）共二十餘年，其間先後譯有安般守意經……修行道地經等
　　　約三十四部，四十卷（一說三十五部，四十一卷），此經數係出自出三藏記集卷二，
　　　然另有異說。

		150A	02	1	佛說七處三觀經
		0602	15	2	佛說大安般守意經
		0603	15	2	陰持入經
		0607	15	1	道地經
吳	支謙〔註3〕	0054	01	1	佛說釋摩男本四子經
		0068	01	1	佛說賴吒和羅經
		0076	01	1	梵摩渝經
		0169	03	1	佛說月明菩薩經
		0185	03	2	佛說太子瑞應本起經
		0198	04	2	佛說義足經
		0200	04	10	撰集百緣經
		0225	08	6	大明度經
		0281	10	1	佛說菩薩本業經
		0362	12	2	佛說阿彌陀三耶三佛薩樓佛檀過度人道經
		0474	14	2	佛說維摩詰經
		0493	14	1	佛說阿難四事經
		0532	14	1	私呵昧經
		0533	14	1	菩薩生地經
		0556	14	1	佛說七女經
		0557	14	1	佛說龍施女經
		0559	14	1	佛說老女人經
		0581	14	1	佛說八師經
		0632	15	1	佛說慧印三昧經
		0708	16	1	了本生死經
		0735	17	1	佛說四願經
		1011	19	1	佛說無量門微密持經
	竺律炎〔註4〕	0129	02	1	佛說三摩竭經

〔註3〕三世紀末大月氏人。字恭明。初隨族人遷至東土，寄居河南。……後避亂入吳，頗受吳王孫權之禮遇，並尊為博士，以輔導太子孫亮。吳黃武元年至建興年中（222～253），凡三十餘年間，致力於佛典漢譯工作……至太子即位（252），師遂隱遁入穹隘（隆）山，從竺法蘭淨持佛戒，潛心禪寂，公卿士大夫每多入山歸依者。晚年病終，世壽六十。其生卒年不詳。

〔註4〕印度人。又稱竺將炎、竺持炎。吳黃武三年（223），與維祇難來到武昌，應吳人之請，共同譯出所攜來之法句經二卷，其時，以二師不擅於漢語，故譯筆樸質，

	康僧會〔註5〕	0152	03	8	六度集經
西晉	法立〔註6〕	0023	01	6	大樓炭經
		0211	04	4	法句譬喻經
		0683	16	1	佛說諸德福田經〔註7〕
	法炬〔註8〕	0034	01	1	法海經
		0215	04	1	佛說群牛譬經
		0500	14	1	羅云忍辱經
	竺法護〔註9〕	0135	02	1	佛說力士移山經
		0154	03	5	生經
		0168	03	1	佛說太子沐魄經
		0170	03	1	佛說德光太子經
		0180	03	1	佛說過去世佛分衛經
		0182	03	1	佛說鹿母經
		0186	03	8	佛說普曜經
		0199	04	1	佛五百弟子自說本起經
		0222	08	10	光讚經
		0263	09	10	正法華經
		0266	09	3	佛說阿惟越致遮經
		0274	09	1	佛說濟諸方等學經
		0285	10	5	漸備一切智德經
		0288	10	3	等目菩薩所問三昧經
		0291	10	4	佛說如來興顯經

義理多有不盡之處。維祇難示寂後，於黃龍二年（234）與支謙合譯摩登伽經三卷，與支越合譯佛醫經一卷，又自譯三魔竭經、梵志經各一卷。其中，梵志經今已不傳。生卒年與世壽皆不詳。

〔註5〕（？～280）交趾（越南北部）人，其先世出自康居國（今新疆北部）。世居印度，至其父因經商始移居交趾。……三國吳赤烏十年（247）至建業，……晉太康元年示寂，世壽不詳。

〔註6〕晉代僧。於惠帝、懷帝在位期間（290～311），與法炬共譯法句喻經、福田經。另譯小經百餘種，時值永嘉之亂，多已散佚。生卒年不詳。

〔註7〕法立共法炬譯。

〔註8〕永嘉二年（308）參與竺法護翻譯普曜經，為筆錄者之一。法立歿後，法炬一人獨譯出一百三十餘部佛典，而出三藏記集則無此一記載。

〔註9〕其為月支人，立志西行，精通西域各國語言。後攜帶大批經典至中國，在長安、洛陽等地專門從事翻譯經文。

		0310	11	7	密跡金剛力士經
		0310	11	2	寶髻菩薩所問經
		0315	11	1	佛說普門品經
		0317	11	1	佛說胞胎經
		0318	11	2	文殊師利佛土嚴淨經
		0323	12	1	郁迦羅越問菩薩行經
		0324	12	1	佛說幻士仁賢經
		0334	12	1	佛說須摩提菩薩經
		0337	12	1	佛說阿闍貰王女阿術達菩薩經
		0338	12	1	佛說離垢施女經
		0342	12	2	佛說如幻三昧經
		0345	12	2	慧上菩薩問大善權經
		0349	12	1	彌勒菩薩所問本願經
		0378	12	2	佛說方等般泥洹經
		0381	12	3	等集眾德三昧經
		0395	12	1	佛說當來變經
		0398	13	8	大哀經
		0399	13	4	寶女所問經
		0401	13	2	佛說無言童子經
		0403	13	7	阿差末菩薩經
		0425	14	8	賢劫經
		0433	14	1	佛說寶網經
		0435	14	1	佛說滅十方冥經
		0459	14	1	佛說文殊悔過經
		0460	14	1	佛說文殊師利淨律經
		0461	14	2	佛說文殊師利現寶藏經
		0477	14	1	佛說大方等頂王經
		0481	14	4	持人菩薩經
		0496	14	1	佛說大迦葉本經
		0513	14	1	佛說琉璃王經
		0534	14	1	佛說月光童子經
		0558	14	1	佛說龍施菩薩本起經
		0565	14	2	順權方便經
		0567	14	1	佛說梵志女首意經
		0569	14	1	佛說心明經

		0585	15	4	持心梵天所問經
		0588	15	4	佛說須眞天子經
		0589	15	1	佛說魔逆經
		0598	15	4	佛說海龍王經
		0606	15	7	修行道地經
		0623	15	1	佛說如來獨證自誓三昧經
		0635	15	4	佛說弘道廣顯三昧經
		0636	15	2	無極寶三昧經
		0736	17	1	佛說四自侵經
		0737	17	1	所欲致患經
		0770	17	1	佛說四不可得經
		0809	17	1	佛說乳光佛經
		0810	17	2	諸佛要集經
		0811	17	1	佛說決定總持經
		0812	17	1	菩薩行五十緣身經
		0813	17	1	佛說無希望經
		0815	17	3	佛昇忉利天爲母說法經
		0817	17	1	佛說大淨法門經
	白法祖	0005	01	2	佛般泥洹經
	無羅叉〔註10〕	0221	08	20	放光般若經
	支法度〔註11〕	0527	14	1	佛說逝童子經
	聶承遠〔註12〕	0638	15	2	佛說超日明三昧經
	安法欽〔註13〕	0816	17	4	佛說道神足無極變化經
東晉	法顯〔註14〕	0007	01	3	大般涅槃經
		0745	17	1	佛說雜藏經

〔註10〕于闐人。又作無叉羅。與竺叔蘭於陳留倉垣水南寺，譯出朱士行得自于闐之梵書佛經，即放光般若波羅蜜經三十卷。其餘事蹟不詳。

〔註11〕惠帝永寧元年（301），譯出逝童子經、善生子經、十善十惡經各一卷，及文殊師利現寶藏經二卷。……其生卒年、籍貫不詳。

〔註12〕恆居關洛……。曾參與竺法護之譯經工作，篤志務法，參正文句，而有筆受之功。……其餘事蹟與生卒年均不詳。

〔註13〕安息國人。生卒年不詳。……自武帝太康二年（281）至惠帝光熙元年（306），於洛陽譯出之經如下：……凡五部十六卷。

〔註14〕隆安中，自長安西度流沙，歷三十餘國，持經南歸，至京師，譯出百餘萬言。平陽武陽人，俗姓龔。公元五七六年生，六五二年圓寂。

	竺曇無蘭〔註15〕	0538	14	1	佛說呵鵰阿那鋡經
	竺難提〔註16〕	0310	11	3	大乘方便經（卷106～108）
	佛陀跋陀羅〔註17〕	0296	10	1	文殊師利發願經
		0643	15	10	佛說觀佛三昧海經
		0666	16	1	大方等如來藏經
		1012	19	1	佛說出生無量門持經
		1425	22	40	摩訶僧祇律
		1426	22	1	摩訶僧祇律大比丘戒本
		0278	09	60	大方廣佛華嚴經
前涼	支施崙〔註18〕	0329	12	1	佛說須賴經
後秦	鳩摩羅什〔註19〕	0201	04	15	大莊嚴論經
		0208	04	2	眾經撰雜譬喻
		0223	08	27	摩訶般若波羅蜜經
		0227	08	10	小品般若波羅蜜經
		0235	08	1	金剛般若波羅蜜經
		0262	09	7	妙法蓮華經
		0286	10	4	十住經
		0307	10	1	佛說莊嚴菩提心經
		0310	11	3	菩薩藏經
		0366	12	1	佛說阿彌陀經

〔註15〕西域人。東晉孝武帝太元六年（381），於楊都謝正西寺撰大比丘三百六十戒三部合異二卷。其後十四年，於同寺從事譯經，譯作頗多。……其他事蹟均不詳。

〔註16〕西域人。……不知何年來華。……其餘事蹟均不詳。

〔註17〕～429年。爲南北朝時期後秦時來漢地的印度僧人。族姓釋迦，系釋迦牟尼叔父甘露飯王的後裔。……曾與僧迦達多游罽賓，與後秦僧人智嚴同從大禪師佛大先受禪法。後受智嚴邀請入漢地，於後秦弘始八年至長安。因與鳩摩羅什不和，被迫與弟子慧觀等40餘人赴廬山，備受慧遠歡迎。留居廬山年余，譯《達磨多羅禪經》。東晉義熙八年（412年）赴荊州，其後又到建康（今江蘇南京）住道場寺，與法顯等譯出《摩訶僧祇律》；同時譯出《大般泥洹經》。……佛馱跋陀羅於劉宋元嘉六年（429年）圓寂，年七十一歲。

〔註18〕月氏國優婆塞。……東晉咸安三年（373），奉經抵涼州……其後不知所終。生卒年等俱不詳。

〔註19〕本印度人，但生長於龜茲，出家後，通大乘經論，後秦姚興弘始三年（西元四〇一年）到中國長安，在逍遙園翻譯經典。

		0389	12	1	佛垂般涅槃略說教誡經
		0420	13	2	自在王菩薩經
		0453	14	1	佛說彌勒下生經
		0454	14	1	佛說彌勒下生成佛經
		0464	14	1	文殊師利問菩提經
		0475	14	3	維摩詰所說經
		0482	14	4	持世經
		0484	14	1	不思議光菩薩所說經
		0586	15	4	思益梵天所問經
		0613	15	3	禪祕要法經
		0614	15	2	坐禪三昧經
		0615	15	1	菩薩訶色欲法經
		0616	15	2	禪法要解
		0625	15	4	大樹緊那羅王所問經
		0650	15	2	諸法無行經
		0653	15	3	佛藏經
		0657	16	10	佛說華手經
		1436	23	1	十誦比丘波羅提木叉戒本
		1509	25	100	大智度論
		1521	26	17	十住毘婆沙論
		1564	30	4	中論
		1568	30	1	十二門論
		1569	30	2	百論
		1646	32	16	成實論
		2046	50	1	馬鳴菩薩傳
		2047	50	1	龍樹菩薩傳
		2048	50	1	提婆菩薩傳
竺佛念 [註20]		0212	04	30	出曜經
		0309	10	10	最勝問菩薩十住除垢斷結經
		0384	12	7	菩薩從兜術天降神母胎說廣普經
		0385	12	2	中陰經
		0656	16	14	菩薩瓔珞經
		1464	24	10	鼻奈耶律

[註20] 涼州（甘肅武威）人。……符秦建元年間（365～384），僧伽跋澄與曇摩難提等來到長安，……後寂於長安，寂年、世壽均不詳。

	佛陀耶舍〔註21〕	0405	13	1	虛空藏菩薩經
		1430	22	1	四分僧戒本
		1428	22	60	四分律〔註22〕
		0001	01	22	長阿含經〔註23〕
	曇摩耶舍〔註24〕	0566	14	1	樂瓔珞莊嚴方便品經
		1548	28	30	舍利弗阿毘曇論〔註25〕
	鳩摩羅佛提〔註26〕	1505	25	2	四阿鋡暮抄解
	僧伽提婆〔註27〕	1506	25	3	三法度論
		0125	02	51	增一阿含經
		1543	26	30	阿毘曇八犍度論〔註28〕
	僧伽跋澄〔註29〕	1547	28	14	鞞婆沙論
		1549	28	10	尊婆須蜜菩薩所集論
		0194	04	3	僧伽羅剎所集經
西秦	聖堅〔註30〕	0175	03	1	睒子經

〔註21〕北印度罽賓國人。……後應羅什之請，於姚秦弘始十年（408）至長安，協助羅什譯出十住經，……後返罽賓，得虛空藏經一卷，托賈客致之涼州諸僧，其後不知所終。

〔註22〕佛陀耶舍共竺佛念譯。

〔註23〕佛陀耶舍共竺佛念譯。

〔註24〕罽賓國人。……於東晉隆安年中至廣州，住白沙寺。以善誦毘婆沙律，故人稱「大毘婆沙」，時年已八十五。義熙年中至長安，姚興大加禮敬。……其後再至江南，住於荊州辛寺，大弘禪法，四方求化者達三百餘人。劉宋元嘉年中，辭歸西域，不知所終。

〔註25〕曇摩耶舍共曇摩崛多等譯。

〔註26〕西域人。晉武帝時來中國，於鄴寺譯四阿鋡暮抄解二卷，時由佛提執梵本，竺佛念、佛護譯爲漢文，僧導、僧叡等任筆受。其後不知所終。開元釋教錄卷三載，其譯時爲符堅建元十八年（382）壬午八月。

〔註27〕姓瞿曇氏，罽賓（今克什米爾）人，……太元十年（385年）到洛陽，太元十六年（391年），受慧遠之邀前來廬山翻譯佛經，……東晉隆安元年僧伽提婆遊建業（今南京）。

〔註28〕僧伽提婆共竺佛念譯。

〔註29〕罽賓人。……符堅建元十七年。來入關中。先是大乘之典未廣。禪數之學甚盛。既至長安咸稱法匠焉。……後不知所終。

〔註30〕沙門釋聖堅，或云法堅，亦謂堅公，未詳孰是，故備列之。器量弘普，利物爲心。

		0744	17	1	佛說除恐災患經
北涼	曇無讖〔註31〕	0157	03	10	悲華經
		0374	12	40	大般涅槃經
		0663	16	4	金光明經
		1488	24	7	優婆塞戒經
		1500	24	1	菩薩戒本
		1581	30	10	菩薩地持經
		0387	12	6	大方等無想經（大雲經）
	釋道龔〔註32〕	0310	11	2	寶梁經（卷113〜114）
	道泰〔註33〕	1577	30	2	大丈夫論
		1634	32	2	入大乘論
宋	求那跋陀羅〔註34〕	0099	02	50	雜阿含經
		0120	02	4	央掘魔羅經
		0189	03	4	過去現在因果經
		0270	09	2	大法鼓經
		0353	12	1	勝鬘師子吼一乘大方便方廣經
		0368	12	1	拔一切業障根本得生淨土神咒
		0462	14	3	大方廣寶篋經
		0670	16	4	楞伽阿跋多羅寶經
		0678	16	1	相續解脫地波羅蜜了義經
		0679	16	1	相續解脫如來所作隨順處了義經
	求那跋摩〔註35〕	1582	30	9	菩薩善戒經

乞伏太初年間，於河南國爲乾歸（謚武元王）譯《羅摩伽》等經一十五部。

〔註31〕（385〜433）中印度人，婆羅門種出身。……後攜大般涅槃經前分五品、菩薩戒經、菩薩戒本等入罽賓，又至龜茲，然此二地多學小乘，遂東經鄯善至敦煌。

〔註32〕以北涼河西王神璽永初年間於張掖爲蒙遜譯，悲華經一部（十卷）。寶梁經一部（二卷）沙門法衆。高昌郡人。亦以北涼沮渠氏永初年中。於張掖爲河西王蒙遜譯。大方等檀特陀羅尼經一部（四卷）

〔註33〕西涼沙門，少遊蔥右，徧歷諸國，得毘婆沙本，十有萬偈，還至姑臧，企待明匠，浮陀跋摩至涼，乃請翻譯，時在四三七年，婆沙輸入實泰之功也（什迦方志卷下）。譯大丈夫論一部（二卷）。

〔註34〕（394〜468）中印度人。原屬婆羅門種姓。……劉宋元嘉十二年（435），師經由海路至廣州，文帝遣使迎入建康祇洹寺，從事譯經工作。

〔註35〕（367〜431）北印度罽賓國（迦濕彌羅或犍陀羅地方）人。

		1583	30	1	菩薩善戒經
		1672	32	1	龍樹菩薩爲禪陀迦王說法要偈
沮渠京聲〔註36〕		0452	14	1	佛說觀彌勒菩薩上生兜率天經
		0512	14	1	佛說淨飯王般涅槃經
		0620	15	2	治禪病祕要法
智嚴〔註37〕		0268	09	6	佛說廣博嚴淨不退轉輪經
畺良耶舍		0365	12	1	佛說觀無量壽佛經
曇摩蜜多〔註38〕		0277	09	1	佛說觀普賢菩薩行法經〔註39〕
		0407	13	1	虛空藏菩薩神咒經
		0409	13	1	觀虛空藏菩薩經
功德直〔註40〕		0414	13	5	菩薩念佛三昧經
		1014	19	1	無量門破魔陀羅尼經〔註41〕
寶雲〔註42〕		1093	04	7	佛本行經
		0397	13	6	無盡意菩薩經〔註43〕
曇無竭〔註44〕		0371	12	1	觀世音菩薩授記經

〔註36〕（？～464）北京王沮渠蒙遜之從弟。匈奴人。封安陽侯。……少時曾度流沙，至于闐學梵文，於衢摩帝大寺遇佛陀斯那，受禪要祕密治病經（治禪病祕要法）。後歸返河西，會曇無讖入河西，京聲致禮親迎，多所咨稟。宋元嘉十六年（439），魏併涼州，乃南奔入宋，……大明八年得疾而卒，享壽不詳

〔註37〕涼州人。……晉義熙十三年宋武伐姚泓還。始興公王恢。從駕觀山見嚴禪思。即請還都。然嚴道化所被幽顯咸伏。先於西域得經梵本未譯。以宋文帝元嘉四年歲次丁卯。於楊都枳園寺共寶雲等譯。……然嚴未出家前。曾受五戒有所虧犯。後受大戒疑不得戒。遂汎海至印度國。諮問羅漢比丘。時羅漢不決爲詣彌勒。彌勒答云。得戒嚴甚喜焉畺良耶舍。

〔註38〕此言法秀。罽賓國人。……初到燉煌即立禪閣。……以宋文帝元嘉十八年歲次甲子。來至建業於祇洹寺譯。

〔註39〕曇摩婆蜜與曇無婆蜜、曇無蜜多、曇無蜜爲同一人，本文以「曇摩蜜多」稱之，並將《佛說觀普賢菩薩行法經》歸入統計。

〔註40〕西域人。道契既廣善誘日新。以宋大明六年歲次壬寅到荊州。

〔註41〕功德直共玄暢譯。

〔註42〕（376～449）涼州人（一說河北人）。弱年出家，精勤而有學行。立志欲躬睹靈蹟，廣尋經要。遂於晉安帝隆安（397～401）初年，與法顯、智嚴等先後遊西域，……元嘉二十六年示寂，世壽七十四（一說七十八）。

〔註43〕智嚴共寶雲譯。

〔註44〕幽州人，俗姓李。幼爲沙彌，勤修苦行。聞法顯等躬踐佛國，慨然有西行之志，

	先公〔註45〕	0640	15	1	佛說月燈三昧經
	僧伽跋摩〔註46〕	0723	17	1	分別業報略經
		1441	23	10	薩婆多部毘尼摩得勒伽
		1552	28	11	雜阿毘曇心論
		1673	32	1	勸發諸王要偈
	佛陀什〔註47〕	1422	22	1	五分比丘戒本
齊	曇摩伽陀耶舍〔註48〕	0276	09	1	無量義經
	僧伽跋陀羅〔註49〕	1462	24	18	善見律毘婆沙
梁	曼陀羅仙〔註50〕	0232	08	2	文殊師利所說摩訶般若波羅蜜經
		0658	16	7	寶雲經
		0659	16	7	大乘寶雲經〔註51〕
	僧伽婆羅〔註52〕	0233	08	1	文殊師利所說般若波羅蜜經
		0314	11	1	佛說大乘十法經
		0358	12	1	度一切諸佛境界智嚴經
		0984	19	2	孔雀王咒經
		1648	32	12	解脫道論

乃入流沙，經龜茲、疏勒諸國，進至罽賓，求得觀世音受記經之梵本。後西入月氏國天竺界一帶，唯齎石蜜為糧，隨舶泛海，達廣州而歸。其後不知所終。生卒年不詳。

〔註45〕 於宋世譯月燈三昧經（一卷）。

〔註46〕 又稱僧伽跋摩、曇柯迦羅。印度人，三國曹魏時期佛教高僧，翻譯師。曹魏嘉平四年（252年）到洛陽白馬寺譯出《郁伽長者經》、《無量壽經》、《四分雜羯磨》等。

〔註47〕 五世紀北印度罽賓國人。又作佛馱什、佛大什。意譯為覺壽。……劉宋景平元年（423）始來我國揚州，十一月應瑯琊王練及道生等之請，於建康龍光寺譯彌沙塞律；……後不知所終。

〔註48〕 中印度人。善隸書。高帝建元三年（481），於廣州朝亭寺譯出無量義經一卷。其餘事蹟及生卒年等不詳。

〔註49〕 此云眾賢。西域人。懷道放曠化惠無窮。以齊武帝永明六年歲次己巳。共沙門僧猗於廣州竹林寺。

〔註50〕 Mandra 此云弘弱，亦作曼陀羅仙，扶南沙門（即昔之真臘吉蔑，今之柬埔寨）。

〔註51〕 曼陀羅仙共僧伽婆羅譯。

〔註52〕 扶南國人。……至普通元年歲次庚子。敕於楊都壽光殿正觀寺瞻雲館三處譯。（499〜569）五、六世紀間之著名譯經僧。

陳	眞諦	0097	01	1	廣義法門經
		0237	08	1	金剛般若波羅蜜經
		0669	16	2	佛說無上依經
		0677	16	1	佛說解節經
		1461	24	1	律二十二明了論
		1482	24	2	佛阿毘曇經出家相品
		1528	26	1	涅槃經本有今無偈論
		1529	26	1	遺教經論
		1584	30	3	決定藏論
		1587	31	1	轉識論
		1589	31	1	大乘唯識論
		1595	31	15	攝大乘論釋
		1616	31	1	十八空論
		1617	31	2	三無性論
		1633	32	1	如實論反質難品
		1641	32	1	隨相論（解十六諦義）
		1644	32	10	佛說立世阿毘曇論
		1647	32	4	四諦論
		1656	32	1	寶行王正論
		1669	32	20	大宗地玄文本論
		2137	54	3	金七十論
北魏	佛陀扇多[註53]	0310	11	1	無畏德菩薩經（卷99）
		0835	17	1	如來師子吼經
		1344	21	1	金剛上味陀羅尼經
		1496	24	1	佛說正恭敬經
		1592	31	2	攝大乘論
	菩提流支[註54]	0236	08	1	金剛般若波羅蜜經
		0272	09	10	大薩遮尼乾子所說經
		0440	14	12	佛說佛名經
		0465	14	1	伽耶山頂經
		0470	14	1	佛說文殊師利巡行經

〔註53〕北天竺人。……未久，往白馬寺，……後移居鄴都金華寺。東魏元象二年（539）譯出十法經等。所譯之經，凡十部，十一卷。後不知所終。

〔註54〕北魏永平元年（508年）攜梵本經蔥嶺至洛陽。當時宣武帝招待，並請入永寧寺。後隨東魏遷到鄴城繼續譯經。

		0573	14	1	差摩婆帝授記經
		0575	14	1	大方等修多羅王經
		0587	15	6	勝思惟梵天所問經
		0668	16	1	佛說不增不減經
		0671	16	10	入楞伽經
		0761	17	6	佛說法集經
		0828	17	1	無字寶篋經
		0831	17	1	謗佛經
		0832	17	1	佛語經
		1028	19	1	A佛說護諸童子陀羅尼經
		1511	25	3	金剛般若波羅蜜經論
		1522	26	12	十地經論
		1523	26	4	大寶積經論
		1524	26	1	無量壽經優波提舍經論
		1525	26	9	彌勒菩薩所問經論
		1531	26	2	文殊師利菩薩問菩提經論
		1532	26	4	勝思惟梵天所問經論
		1572	30	1	百字論
曇摩流支〔註55〕		0357	12	2	如來莊嚴智慧光明入一切佛境界經
吉迦夜〔註56〕		0203	04	10	雜寶藏經〔註57〕
		0308	10	1	佛說大方廣菩薩十地經
		1632	32	1	方便心論
月婆首那〔註58〕		0310	11	2	摩訶迦葉經（卷88～89）
		0423	13	4	僧伽吒經
		0231	08	7	勝天王般若波羅蜜經
瞿曇般若流支〔註59〕		0162	03	1	金色王經

〔註55〕南印度人。夙志弘道，北魏景明年間至洛陽。景明二年（501）於白馬寺譯出如來莊嚴智慧光明入一切佛境界經二卷。正始年間，譯出信力入印法門經五卷、金色王經一卷。其餘事蹟及生卒年等不詳。

〔註56〕意譯何事。北魏之譯經僧，西域人。師以遊化傳道為志，於北魏文成帝時抵達平城，眾人欽服其博學，而禮敬之。

〔註57〕吉迦夜共曇曜譯。

〔註58〕為中天竺優禪尼國王子。……東魏初，抵鄴都。

〔註59〕印度波羅捺城婆羅門，姓瞿曇氏。從五三八至五四二年，於鄴城譯正法念處等經

		0339	12	1	得無垢女經
		0341	12	3	聖善住意天子所問經〔註60〕
		0354	12	2	毘耶娑問經
		0421	13	2	奮迅王問經
		0578	14	1	無垢優婆夷問經
		0645	15	1	不必定入定印經
		0721	17	70	正法念處經
		0823	17	1	佛說一切法高王經
		0833	17	1	第一義法勝經
		1460	24	1	解脫戒本
		1573	30	1	一輸盧迦論
	毘目智仙〔註61〕	1526	26	1	寶髻經四法憂波提舍
		1608	31	1	業成就論
北齊	那連提耶舍〔註62〕	0310	11	16	菩薩見實三昧經
		0380	12	5	大悲經
		0397	13	10	大方等大集月藏經（卷46～56）
		0397	13	2	大乘大集須彌藏經（卷57～58）
		0639	15	10	月燈三昧經
		0702	16	1	佛說施燈功德經
		0989	19	2	大雲輪請雨經
		1551	28	6	阿毘曇心論經
	萬天懿〔註63〕	1343	21	1	尊勝菩薩所問一切諸法入無量門陀羅尼經
北周	耶舍崛多〔註64〕	1070	20	1	佛說十一面觀世音神咒經

論（續傳卷一）。

〔註60〕毘目智仙共般若流支譯。

〔註61〕六世紀初頃，北印度烏萇國人，係釋迦族之後裔。……北魏時，與瞿曇流支來華，並於鄴城金華寺共譯迴諍論……。後不知所終。

〔註62〕北印度烏長國人。……既常遊化感及茲境。以齊文宣帝天保八年歲次丁丑。至天統四年歲次戊子。共達摩闍那於鄴都。

〔註63〕鮮卑。姓萬俟氏。……以高齊於鄴城。

〔註64〕北周譯經僧。優婆國人。又稱稱藏。爲闍那耶舍之弟子。與同學闍那崛多遊東土，入長安。武帝時爲大冢宰（相當於吏部尚書之職官）宇文護於四天王寺及歸聖寺從事譯經。

	闍那崛多〔註65〕	1337	21	1	種種雜咒經
共計	57		321	1584	

〔註65〕 （523～600）北印度犍陀羅國人。自幼即入大林寺出家，師事闍那耶舍、闍若那
跋達囉。後巡禮聖蹟，至諸方弘法，曾至迦臂施國、厭怛國、于闐、吐谷渾等地。
北周明帝武成年間（559～560），偕師耶舍、跋達囉及同參耶舍崛多等來至長安，
住於草堂寺。未久，入四天王寺從事譯經工作……後任益州僧主，止於龍淵寺。
北周武帝滅法時，逼令僧眾受爵返俗，師以不屈而遭流放。乃經甘州入突厥，未
久，耶舍與跋達囉相繼入寂。